공간,

시대를

기억하다

공간, 시대를 기억하다
: 사회적 아픔 너머 희망의 다크 투어리즘

초판 1쇄 펴냄 2022년 11월 15일

지은이 김명식

펴낸이 고영은 박미숙
편집이사 인영아 | 책임편집 장영선
디자인 이기희 이민정
마케팅 오상욱 안정희 | 경영지원 김은주
외주디자인 김세라

펴낸곳 뜨인돌출판(주) | 출판등록 1994.10.11.(제406-251002011000185호)
주소 10881 경기도 파주시 회동길 337-9
홈페이지 www.ddstone.com | 블로그 blog.naver.com/ddstone1994
페이스북 www.facebook.com/ddstone1994 | 인스타그램 @ddstone_books
대표전화 02-337-5252 | 팩스 031-947-5868

ISBN 978-89-5807-931-6 03810

공간, 시대를 기억하다

사회적 아픔 너머 희망의 다크 투어리즘

김명식 지음

뜨인돌

| 차 례 |

일러두기

1. 이 책은 2017년에 펴낸 《건축은 어떻게 아픔을 기억하는가》 이후 작성한 여러 편의 글과 함께, 민중의소리(2020~21), 웹진 새길엽서(2020), 건축평단(2017) 등에 발표한 글들을 보완하여 펴낸 것입니다.

2. 단행본과 장편소설 등의 제목은 《 》, 시·단편소설 등의 제목은 〈 〉, 건축·영화·미술·음악·기사 등의 제목은 ' '로 표시했습니다.

3. 사진 등 도판 저작권은 해당 도판 아래에 표시했으며, 지은이가 촬영한 사진 및 저작권이 없는 도판에는 별도의 표시를 하지 않았습니다. 저작권이 미확인된 도판의 저작권자가 확인되는 경우, 적절한 사용 승인 절차를 밟을 예정입니다.

4. 도판 중 위키피디아(wikipedia.org)에서 확보한 자료의 저작권은 크리에이티브 커먼즈 라이센스(CCL)에 따라 'ⓒ 아무개 / CC BY-SA 4.0' 등의 형태로 표시했습니다.

기억의 공간, 다크 투어리즘을 시작하며

살아 숨 쉬는 존재에 대한 연민과 공감은, 사라진 존재에 대해서는 그 표식을 남깁니다. 삶과 죽음은 건축을 통해 공간으로 투영되니, 공간은 일상의 배경과 무대가 되기도 하지만 고귀하고 거룩한 성소가 되기도 합니다.

다크 투어리즘(dark tourism), 이른바 '흑역사 탐방'이라는 이름 아래 소비되는 불편하고 괴로운 사건들의 흔적과 유물은 주류에 편입되지 못한 채 흩어진 파편의 역사로 방치되기 쉬우나, 민족과 공동체와 때로는 개인에게 교훈을 주는 출발점이 되기도 합니다. 이런 맥락에서 아픈 기억을 품고 있는 부정성(不淨性)의 공간에서 교훈을 찾고, 거기에서 희망을 읽고자 시작한 것이 이제는 일상적 기억의 공간을 찾아가는 데까지 번졌습니다.

처음에는 어두운 역사의 흔적들, 유물과 유구가 이끄는 슬펐던 기억 속으로, 공포스러웠던 현장 속으로, 비통했던 역사 속으로 발걸음을 내디뎠습니다. 표석이나 표시석, 추모비나 기념동상, 기념비나 기념관 등이 주된 답사지였습니다. 그러나 이따금 미적 상상을 자아내는 공간이나 일상 속에서 쉽게 발 닿는 공간 또한 찾게 되었습니다. 기억이 안내하는 곳은 발걸음의 빈도가 높아지면 이내 일상의 공간이 되어버리니, 처음에는 다크 투어리즘이었던 것이 나중에는 나들이가 되어, 소풍과 산책길로 바뀌었습니다. 이제는 일상다반사의 공간들로 바뀌어 나날의 궤적에 들어와 꽤 친숙한 공간이 되어갑니다.

《건축은 어떻게 아픔을 기억하는가》 이후 줄곧 우리 시대 기억공간에 대한 관심을 놓지 않고, 기억공간에서 인문학과 미학을 찾고자 열심을 내었습니다. 이전 작업에서 비통, 비극의 기억을 재현하거나 보존하고 있는 장소들에 대한 도시·건축·공간의 체계적 접근과 탐험을 시도했다면, 이번 작업에선 이전보다 힘을 빼서 비교적 무게감이 덜하고, 찾기 쉽거나 일상의 공간이 될 만한 기억의 장소들을 찾았습니다. 물론 전편에 못지않은 비통한 공간이 없지는 않습니다. 몸서리칠 정도의 고통이 몰려오는 공간을 마주할 수밖에 없는 순간은 매년 돌아오니까요.

이번 책은 한국의 기억공간들을 다룬 두 개의 큰 묶음(章)과,

해외의 기억공간을 다룬 작은 묶음 하나로 구성했습니다. 첫째 장에서는 일제강점기와 한국전쟁 그리고 현대에 이르기까지, 폭압적·야만적 권력에 의한 희생이 일어난 공간들을 걸어봅니다. 이어 둘째 장에서는 일상에서 쉽게 마주하면서도 무심히 지나치고 마는 도심 속 기억공간들, 그리고 우리의 원형적 기억을 불러와 새삼 반추하게 하는 공간들에 주목합니다. 마지막 작은 장에서는 상징적이거나 은유적인 시각 표현의 좋은 예들로서, 존재의 상실을 기억하기 위한 분투와 역사화·일상화한 기억이 아로새겨진 해외의 공간들을 소개합니다.

좀 더 구체적으로 살피면 이렇습니다. 첫째 장 '역사화된 기억 공간'은, 근현대의 비극적 기억으로부터 길어 올린 공동체적 가치와 의미를 내포한 공간들을 조명합니다.

4·3사건의 조형력이 만들어낸, 제주민의 비극이 그대로 담긴 조각상 '비설'. 일제강점기에 여수 주민이 동원되어 뚫은 '여수 마래 제2터널'과 인근의 여순사건 희생자 봉분, 그리고 긴 터널이 선형 공원이 된 '오림터널공원'. 삼국시대로 이끄는 시간 여행의 통로이자 일제강점기의 아픔을 반추하게 하는 '라제통문', 그리고 미군에 의해 무고하게 학살된 이들의 비극이 깃든 '노근리 쌍굴다리'. 국가적 재난에서 정부의 역할에 경종을 울리고 희생자를 기억하려는 염원이 담긴 '4·16생명안전공원'. 시대와

지역의 한계를 넘어 5·18을 기리는 동시에, 잘 알려지지 않은 5·18의 희생자를 추모하는 '오월걸상'. 영웅적인 분신 사건 이후 반세기 넘도록 빛이 바래지 않는 이름, 아름다운 청년 전태일의 행적을 기록한 공간 '전태일기념관'과 '동대문 평화시장'. 전태일의 후예 노회찬을 기리며 살아 있는 것의 존재 이유를 되새기는 '모란공원'에 이르기까지……. 비극적 희생과 상실의 기억으로 가득 찬 이 공간들을 찾아가, 거기 새겨진 시대적 메시지를 읽어내 봅니다.

둘째 장 '일상의 기억공간'은 대도시 곳곳에 자리한 기억과 추모의 공간들에 더해, 과거의 흔적으로부터 새로운 감흥과 정취를 불러일으키는 공간들로 안내합니다. 너무 가까워 오히려 지나치고 마는 항다반사의 기억공간들, 그리고 새로운 감각으로 재탄생한 원형적 기억의 공간들을 마주하며, 일상 속에서 우리의 추념은 어떤 모습이어야 하는지 새삼 고민하게 될 것입니다.

추모공간의 새로운 형태를 보여준 우면산 산사태 희생자 추모비 '일상의 추념'. 100여 년 전 서울역 앞에서 9·2거사를 일으킨 뒤 형장의 이슬로 사라진 백발의 독립운동가를 기리는 '왈우 강우규 의사 동상'. 산업화와 개발 시대의 산물인 고가도로였다가 40여 년 만에 도시의 정원이자 공중보행로로 다시 태어난 '서울로7017'. 그리고 그 곁에서 은은하게 산란하며 도시의 시공을 빛내는, 감성 충만한 공간 프로젝트 '윤슬'. 조선 시대에 사형을 집행하고 효수하던 음울한 공간이었다가 이제는 역사 유적지이자 공원 겸 박물관으로 거듭난 '서소문역사공원'과 '서소문성지 역사박물관'. 지극히 도시적이고 일상적인 공간인 지하철역을 독립운동 테마 역으로 조성하여 언제나 3·1절을 기억하게 해주는 '안국역'. 사라져 없는 신라 탑의 형상을 투각으로 표현해 냄으로써, 전경으로만 존재하고자 했던 건축과 우리의 공간 인식을 재고하게 만든 '경주타워'. 술이 샘솟는 주천의 기억을 새로이 담아내며 태곳적 공간에 대한 상상과 숭고한 건축의 예술적 감상을 환기하는 영월의 '젊은달와이파크'까지, 찬찬히 돌아봅니다.

마지막으로는 '해외의 기억공간'이라는 작은 장을 마련했습니다. 참혹한 사건과 그로 인해 희생당한 인명을 암시적 또는 직설적으로 표현한 해외의 추모공간 몇 곳을 추려봅니다.

우선, 폭탄 테러로 추락한 항공기의 희생자를 기억하고자 아프리카 사막 한가운데 세운 'UTA항공 772편 추모비'를 소개합니다. 이어 독일 베를린에 마련된 추모공간 네 곳을 차례로 선보입니다. 나치에 박해받고 학살된 동성애자를 기리기 위해 베를린 중심부에 세운 '박해받은 동성애자 추모비', 나치가 유대인과 좌파 인사의 저서를 불태웠던 사건을 잊지 않기 위해 만든 '분서 기념 도서관', 비통한 조각상을 전시해 2차대전 희생자를 추모하는 '신 위병소'. 그리고 죽음으로 향하는 기차 칸에 유대인들이 짐짝처럼 몸을 실어야 했던 플랫폼 '그루네발트역 17번 선로'. 단순한 정보 전달의 형태부터 의미를 상징하는 시각적인 형태에 이르기까지, 다양한 조형으로써 비극의 역사를 기억하는 이 공간들은 우리에게 여러 가지 생각할 거리를 던져 줍니다.

이 공간들을 통해 기억의 조형력이 어떻게 공간을 만드는지, 그 공간은 어떻게 우리를 기억 속으로 이끄는지 함께 살피고자 합니다. 일상의 영역에서 어떻게 하면 그러한 공간에 좀 더 친숙하게 접근할 수 있는지 모쪼록 깊이 이해하게 되기를, 그리고 우리가 거닐 수 있고 향유할 수 있는 기억공간이 훨씬 더 다채로워지기를 바랍니다. 변방으로 밀려나 있는 존재들에 따뜻한 시선과 관심이 발동하기를, 애정 어린 마음이 잦은 발걸음으로 이어지기를 기대합니다.

제1장　　　　　　　　역사화된 기억공간

비설 ＿＿＿＿＿＿＿＿

여수 마래 제2터널과 오림터널공원

라제통문과 노근리 쌍굴다리

＿＿＿＿＿＿＿＿ 4·16생명안전공원

오월걸상 ＿＿＿＿＿＿＿＿

전태일기념관과 동대문 평화시장

모란공원 ＿＿＿＿＿＿＿＿＿＿

4·3의 기억
_____ 비설

미켈란젤로가 말년에 건축했던 바티칸 성베드로대성당 안에는 그의 이름이 새겨진 하얀 대리석의 '피에타^{Pietà}'(1498~99)가 있습니다. 손으로 빚은 도예품이 이보다 더 아름다울 수 있을까 눈을 의심할 정도입니다. 정과 망치로 빚은, 비통하고도 신비스럽고 아름다운 모자상입니다. 십자가에서 내려진 성자가 성모의 품에 안겨 있습니다.

르네상스 시대 미켈란젤로는 기존 사실적 표현의 전통과 다르게 사후 경직이 일어났어야 할 예수를 축 늘어지게 표현하고, 십자가에서 내려진 아들을 편안하게 안을 수 있도록 마리아를

미켈란젤로의 '피에타'

다소 크게 조각하며, 슬프지도 애통하지도 않은 듯 묘한 표정에 앳되어 보이는 어머니의 얼굴을 묘사함으로써 예술의 새로운 가능성을 열었습니다. 그렇다고 하더라도, 그것은 어디까지나 현실과 거리가 먼 것입니다. 만인을 위해 목숨을 내놓은 한 인간의 거룩하고도 성스러운 죽음 앞에 어머니의 심정은 그저 고통스러울 뿐일 테니까요.

여기, 독일의 미술가 케테 콜비츠가 그린 '죽은 아이를 안은 여인Frau mit totem Kind'이 있습니다. 콜비츠는 전쟁에서 아들을 잃을 것을 예견이라도 한 듯, 1903년 이 작품을 그렸습니다. 실제로 1914년 제1차 세계대전에서 그의 둘째 아들이 전사합니다. 자신의 처지를 '비통한 부모Trauernde Eltern'(1932)와 '죽은 아들을 안은 어머니Mutter mit totem Sohn'(1937~39)라는 작품으로 표현했습니다.[1]

콜비츠의 피에타는 미켈란젤로와 달리 어머니의 고통을 사실적으로 표현하고 있습니다. 더 이상 사랑하는 아들을 볼 수 없고 만질 수 없으니, 아들의 주검 앞에서 그저 고통스러운 순간

케테 콜비츠의 '죽은 아이를 안은 여인'

독일의 신 위병소에 전시된 '죽은 아들을 안은 어머니'

의 연속과 묵상하는 자신을 드러내는 것밖에 할 수 없는 애통함과 무기력감을 표현한 것이겠지요.

"미술이 아름다움만을 고집하는 것은 삶에 대한 위선이다"라는 그의 말처럼, 미술적 기교나 아름다움으로 승화시키지 않고 어머니로서 느낀 고통 그대로를 그리고 만든 것입니다. 아름다움을 고집하지 않은 콜비츠의 피에타 '죽은 아들을 안은 어머니'는 나중에 전쟁과 폭정의 희생자를 기리는 추모관, '신 위병소Neue Wache' 안에 좀 더 키워진 형태로 전시됩니다(신 위병소는 뒤에서 소개합니다).[2]

여기 또 다른 피에타가 있습니다. 제주4·3평화공원에 설치된 '비설飛雪'입니다. 천장도 벽도 없는 돌담만이 모녀상을 둘러싸고 있습니다. 4·3사건의 가장 비극적인 장면을 보여주는 이 피에타는, 바티칸에 있는 아름다운 피에타, 그리고 베를린에 있는 아름다움을 고집하지 않은 피에타와는 다른 고통을 드러내고 있습니다.

"아가야, 춥지?" 어머니는 거친 숨소리를 내며 아이를 달랩니다. "울지 마, 이제 조금만 더 가면 괜찮아질 거야." 토벌대를 피해 거센 눈보라를 가르며 '거친오름'을 오르고 있는 스물다섯 살 어머니의 품에서 두 살배기 아기가 울지도 않고 눈만 멀뚱거리며 어머니의 눈을 보고 있습니다. 순간 단발의 총소리가 들리더니 어머니는 곧 쓰러집니다. "아가야…… 괜찮아……." 놓쳤던

4·3평화공원 내 '비설'

아기를 다시 품에 안으며 서서히 얼어갑니다.

봉개동 일대에서 대대적 토벌 작전이 있었던 1949년 1월 6일, 두 살배기 아기를 업고 거친오름을 오르며 토벌대를 피해 달아나다 총에 맞아 눈밭에 쓰러져 죽은 변병생(호적상 이름 변병옥). 눈 더미 속에서 얼어 있는 모녀를 행인이 발견하였고, 억울하게 희생된 두 생명의 넋을 달래고자 훗날 그 모습을 '비설'로 조형하여 4·3평화공원 한쪽 자리에 세웠습니다.

4·3이란 해방과 전쟁의 혼란 속에서 발생한, 우리 현대사에서 매우 중대한 사건입니다. 1947년 3월 1일부터 1954년 9월 21일 사이 제주 일원에서 남로당 무장대와 군·경 및 우익 토벌대 간의 무력 충돌이 벌어졌고, 그 진압 과정에서 거의 3만 명에 달하는 주민이 희생되었습니다. 충돌의 당사자가 아닌 무고한 주민이 집단으로 잔학하게 살해당한 이 사건은, 한국전쟁 다음으로 많은 인명 피해를 낳았습니다. 이토록 비극적인 사건인데도 이념 문제로 인해 수십 년간 금기시되다가, 2000년대 들어서야 겨우 진상이 규명되었습니다. 다행히 2014년부터 법정기념일로 지정되어, 우리는 이제 매년 4월마다 이 비극을 기억하고 희생자를 기릴 수 있게 되었습니다.

이토록 비극적인 4·3의 희생자를 추모하는 작품 '비설'은 2007년 12월 20일에 설치되었습니다. 강문석, 고길천, 이원우, 정용성 작가가 제작에 참여했습니다. 모녀상은 실제 크기의 청

자장가 '웡이자랑' 노랫말이 새겨진 '비설'의 돌담

동 조각상으로 제작되었고, 백색 대리석을 사용하여 하얀 눈밭을 표현하였습니다. 이 조각상은 주변 지면보다 낮게 설치되어 있는데, 제주석을 사용한 달팽이 형태의 돌담이 조금씩 낮아지면서 둘러싸고 있습니다. 돌담 초입 벽에는 제주 전래의 자장가 '웡이자랑'이 띠 형태의 오석에 음각으로 새겨져 있습니다.

웡이자랑 웡이자랑 수덕존할망자손 둔밥먹엉 둔좀재와줍서 자는건 좀소리여 노는건놈소리여 웡이자랑후저 어진이여순덱이여 웡이자랑원이자랑 웡이자랑원이자랑 웡이자랑아 어진이여순덱이여 자는건좀소리여 수덕존할마님이하다 머리맡듸사근에 궂인것덜랑 붙으게말아근에 둔밥먹엉 둔좀재와줍서 자랑후져자랑후져 웡이도자랑아 웡이도자랑 웡이자랑원이자랑 어멍도조들지 말곡후라 어진이여 순덱이여 자랑후저 할마님자손둔밥먹엉 둔좀재와줍서 어진할마님 자손 자는건좀소리여 금재동아옥재동아 혼저누웡자라 웡이자랑원 이자랑 웡이자랑원이자랑 웡이자랑 웡이자랑

귓전에 "웡이자랑 웡이자랑" "잘 자라 잘 자라" 자장가 소리가 들려옵니다. 이보다 더 비극적이고 이보다 더 비통한 죽음이 있을까요? 미켈란젤로가 조각한 죽은 예수를 품에 안은 마리아와 콜비츠가 만든 죽은 아이를 안은 어머니가, 죽은 아기를 안고 얼어 죽은 변병생보다 더 성스럽고 고귀한지 모르겠습니

다. 애절한 '비설'이 눈앞에 비칩니다.

예술이 아름다움만을 고집한다면 그것은 이러한 보통의 사람이 맞게 되는 참혹한 죽음과 그의 삶에 대한 위선이지요. '비설'은 '바람에 흩날리며 내리는 눈' 또는 '쌓여 있다가 거센 바람에 휘날리는 눈'을 뜻합니다. 비극의 순간을 그대로 묘사한 4·3의 피에타는 여러 해 지속된 4·3사건을 관통하며 제주의 비극을 동결해 놓았습니다.

봄 길 저편의 기억 ①
_____ 여수 마래 제2터널과 오림터널공원

코로나19 팬데믹 이후 봄꽃 축제가 줄줄이 취소되었습니다. 봄맞이 행사들은 비대면 온라인 행사로 대체되었고, n차 백신 접종에도 변이 바이러스에 의한 감염은 계속 증가했습니다. 코로나19의 위력을 우리는 지겹도록 실감했습니다. 그러나, 그럼에도 신록 예찬을 멈출 수가 있겠습니까. 역시 이럴 때는 조용하고 한적한 곳을 찾아 나름의 봄맞이 의식을 치르는 것이 제격입니다. 하여 멀리 남도 여수의 '마래 제2터널'과 '오림터널공원'을 찾았습니다. 뒤이어 영월의 '젊은달와이파크'도 찾았는데, 그곳은 2장에서 소개하겠습니다.

마래 제2터널

마래 제2터널은 2004년 12월 31일 등록문화재 제116호로 지정된 자연 암반 터널입니다. 이 터널 내부는 거친 돌의 질감과 표면이 인상적이어서 자동차 광고에도 나올 정도로 매력적입니다. 여수엑스포역이 위치한 덕충동에서 만성리 검은모래해변으로 가는 길에 만날 수 있습니다. 2012년 여수엑스포를 앞두고 양방향 2차로씩의 터널 두 개가 바로 옆에 새로 개통되면서, 이제 마래 제2터널은 해안선을 따라 완속으로 달리는 일부 차량들만 통행하고 있습니다.

이 터널은 1926년 일제의 군량미를 비축하기 위해 창고용으로 만든 83미터 길이의 '마래 제1터널'(오래전 폐쇄되어 위치 불명확)이 뚫리던 해에, 옆으로 나란히 뚫은 군사용 통행 터널이었습니다. 일명 '마래 큰 터널'로 불리는 길이 640미터, 높이와 폭이 4.5미터가량 되는 터널입니다. 차량 두 대가 동시에 통행하기 어려워 약 100미터, 110미터마다 정차 공간을 만들어 양방향 통행을 가능하게 했습니다. 2016년 터널 입구 양쪽에 신호기를 설치하여 양방향 순차 통행이 가능하도록 돕고 있습니다.

마래 제2터널은 일제강점기 일본이 군수물자 등을 운반하기 위해 여수 시민을 강제 동원하여 만든 것입니다. 그들의 피와 땀과 맞바꿔 만든 터널이라는 점에서 여느 터널들과는 의미가 다릅니다. 임진왜란에 일본 수군을 물리친 이순신이 전라좌수영의 본영으로 사용했던 '진해루'라는 누각(현재 진남관)이 멀지 않은 곳에 있는 것은 역사의 아이러니 같습니다.

이 터널은 망치와 정으로 하나하나 두들겨 깨부수고 깎아낸, 재료가 그대로 드러난 거친 면의 공간을 보여줍니다. 벽면을 쓰다듬어봅니다. 거칠고 차갑게 느껴지는 날카로운 벽면의 질감과 한기는 손끝에서 가슴, 머리로 전해집니다. '암반을 어디 정으로 뚫었을까, 강제로 끌고 온 사람들 가혹하게 매질해 뚫었겠지. 채찍질이 몸에 새겨질 때마다 조금씩 앞으로…… 그러다 결국 뚫렸겠지.' 짐작은 강한 확신으로 바뀝니다. 처절하고 비참한 야만의 시대, 여수 시민의 피땀이 서린 터널을 통과합니다.

터널 출입구 양쪽으로 얼마간 시멘트로 마감된 부분을 제외하면 거친 암반석이 그대로 노출되어 있습니다. 이렇게 날것 그대로의 표면과 거친 질감에서, 건축가라면 자연스레 한 시대를 풍미한 '브루털리즘(Brutalism) 양식'의 건축을 떠올릴 것입니다. '야만의' '잔인한'의 의미를 지닌 'brutal'에서 이름을 따온 이 양식은, 보기 좋게 치장하려 하지 않고 재료(근대의 재료인 철, 유리, 콘크리트)나 구조 본연의 특성을 그대로 드러내 표현하고자 했던 건축을 말합니다. 1950년대 전후(戰後) 복구 과정에 영국에서 나타나 유럽 전역으로 퍼졌습니다.

브루털리즘을 대표하는 건축으로 '유니테 다비타시옹Unité d'Habitation'(1952)과 이에 영향을 받은 '파크힐Park Hill'(1961)을 꼽을 수 있습니다.[1] 그리고 영국의 건축비평가 레이너 배넘Rayner

프랑스 마르세유의 유니테 다비타시옹 　　　　　　　　　

영국 셰필드의 파크힐

이탈리아 밀라노의 토레 벨라스카

Banham이 근대건축의 퇴보작이라 비난한 바 있는, BBPR이 설계한 '토레 벨라스카Torre Velasca'(1958)도 있습니다.[2] 모두 콘크리트를 재료로 한 아파트입니다. 우리 주변에서 흔히 볼 수 있는 페인트로 마감된 콘크리트 아파트와 노출콘크리트의 주택은 브루털리즘 건축 양식의 후예들입니다. 우리나라 거의 모든 아파트는 바로 브루털리즘의 계보를 잇는다고 해도 크게 틀린 말은 아닙니다.

참고로, 입주자가 이주하지 않은 상태에서 아파트를 리모델링하는 건축가로 유명한 프랑스의 안 라카통Anne Lacaton과 장필리프 바살Jean-Phillippe Vassal은 2021년, 건축계 노벨상이라 불리는 프리츠커 상을 수상했습니다. 주거의 수명이 길게는 100년을 넘기기도 하는 유럽의 풍토에서 집이 수명을 다할 때까지 여러 번 반복해서 리모델링하는 것은 너무나 당연합니다만, 이 기간에 입주민이 이주 없이 머물 수 있다는 것은 여러모로 장점입니다. 리모델링의 가장 큰 문제들 중 하나는 공사 기간 동안 입주민이 어디론가 옮겨 살아야 한다는 것인데요, 여기에는 많은 예산과 인력이 동원됩니다. 일상의 삶을 유지하는 것과 이주에 따른 시간과 에너지와 비용의 소모를 고려한다면, 이러한 기술을 습득할 필요가 있습니다.

옆길로 많이 샜습니다. 다시 거친 숨소리를 품은 터널로 돌아오겠습니다. 시대는 이곳을 그냥 내버려 두지 않았습니다. 이

터널을 빠져나와 해안 길을 따라 2~3분 걸으면, 그다음 세대가 겪은 여순사건의 현장을 마주하게 됩니다. 만성리 학살지 표지 핀이 보이고 위령비가 모셔져 있는 이곳은, 1948년 4·3사건 진압 출동을 거부한 군인들이 반란을 일으킨 데 이어 좌익 세력이 무장봉기를 일으키자, 그해 10월 정부군이 이들 반란군을 진압하고 11월 여순사건 부역 혐의자들을 암매장하는 등 집단 학살을 자행한 곳입니다. 무덤들이 비탈면 여기저기 규칙도 없이 들어서 있습니다. "그래서 여수 시내를 가고자 했던 만성, 오천 주민들은 공포의 땅이 된 이 지름길을 두고 일부러 마래산 쪽으로 먼 거리를 돌아다니기까지 하였다." 만성리 학살지 안내판은 이렇게 적고 있습니다.

만성리 학살지와 함께 널리 알려진 '형제묘'는, 희생자들이 저 세상에서 외롭지 않게 형제처럼 함께 있길 바라며 붙여진 이름입니다. 학살된 이들의 시신을 찾지 못한 유족들이 이름 지었다고 합니다. 1949년 1월 13일, 125명이 여기서 총살되고 불태워졌습니다. 만성리 형제묘 안내문에는 학살 후 주검을 얼마나 끔찍하게 처리했는지 설명이 덧붙어 있습니다.

형제묘를 찾기 위해 경사지를 오르자 "아, 여순이여!" 글귀와 함께, 꽃을 든 아낙네의 바닥화가 봄비에 젖어 선명하게 드러났습니다. 그 위로 모셔진 봉분과 묘비가 스산한 분위기와 어울리지 않게 오히려 편안해 보입니다.

여순사건 희생자 위령비

학살지 산비탈에 산재한 희생자들의 무덤

형제묘 앞, 꽃을 든 여인의 바닥화와 거기 적힌 "아, 여순이여!"

마래 제2터널의 기이하고 독특한 공간감을 체험하러 왔다가 뜻하지 않은 현장을 목격했습니다. 소름 돋는 비극의 역사 그 한 장면을 마주한 것은 우연이지만, 여기에 서린 그때 그 기억들을 더하니 누적되어 겹쳐진 여러 겹의 공간감이 마음을 무겁게 합니다. '여수 밤바다'를 흥얼거리며 내려온 여수에, 이런 상흔이 고스란히 남겨져 있으리라 예상치 못했습니다. 그래서 또 한 번 되돌아봅니다. 우연한 만남에서 다시 한번 봄의 저편에 묻힌 기억을 되새깁니다.

학살된 영령들이 편안히 잠들기를 기원드리며 발길을 옮길 즈음, 우측 아래로 레일바이크 탑승객이 내는 웃음소리와 바퀴와 선로가 내는 마찰음이 들려옵니다. 시원하게 펼쳐진 바닷가로 시선을 옮깁니다.

다시 발길을 돌려서 바라보면, 만성리 검은모래해변이 저만치 있고 만성리 방파제가 요 앞, 그리고 그 앞에 레일바이크 정류장이 있습니다. 매표소에서 표를 사고 건너편 플랫폼에서 레일바이크를 타면 우리가 거쳐온 길을 해안가 철길을 따라 거꾸로 복기할 수 있습니다. 옛 전라선의 터널이었다가 새로운 터널이 건설되면서 폐선된 구간이 레일바이크 선로로 활용되고 있어서 가능한 일입니다. 마래 제2터널에서 해안가 쪽으로 난 이 철길은 기차와 바다와 터널, 그리고 이전 시대에 대한 추념 등 복

마래 제2터널 방향으로 바라본 레일바이크 구간

잡한 공간감을 안겨주며 또 다른 감상을 던집니다.

우리는 해안 반대편 여수해양레일바이크 매표소를 왼쪽으로 끼고, 레일바이크 주차장으로 시선을 옮깁니다. 여기서부터는 해안 쪽으로 레일바이크를 탈 수 있고, 내륙 쪽으로는 곧 만나게 될 옛 철길을 자전거로 달릴 수 있습니다. 만흥공원에서 시작해서 지도상에는 미평터널로 적혀 있는 389미터의 오림터널공원, 이어서 미평공원, 선원프레공원, 여천시외버스정류장, 양지바름공원, 옛 덕양역 인근 덕양교까지 무려 16.1킬로미터가 넘는 길을 달릴 수 있습니다. 이 구간은 2011년 10월 5일 KTX 전라선이 개통됨에 따라 폐선된 전라선 옛 기찻길의 공원화 사업을 통해 조성되었습니다. 무엇보다 시간(과거에서 현재까지), 공간(공원·기찻길·터널), 환경(자연·도심)이 완벽히 조합을 이루어 라이더를 위한 환상적인 코스를 만들어내고 있습니다.

거기서 만난 오림터널은 터널 자체가 긴 선형의 공원입니다. 오림터널 역시 그 형태나 재료 등을 근거로 보았을 때 일제 강점기에 건설된 것으로 추정하는데, 이제는 사람과 자전거가 안전하게 다닐 수 있는 산책길과 자전거길로 바뀌었습니다. 터널 내 대피공간을 전시공간으로 활용하고 있어 여수만이 가진 특유의 터널 갤러리가 되었습니다.

함께 자전거를 타는 아버지와 아들의 뒷모습이 사라질 때까지 바라봅니다. 자전거도로가 40리가 넘게 이어진 것도 놀랍

조금씩 다른 재질로 마감되어 있는 오림터널공원의 내부 곳곳

오림터널공원 출입구 인근, 아버지와 아들의 라이딩

고, 특별한 공간감을 주는 터널들도 흥미로우며, 거기에다 옛 시대와 현재가 혼재된 역사의 공간을 지나는 우리의 모습이 콜라주되어 더욱 묘해졌습니다. 쉽게 접할 수 없는 오래된 터널에서 산책과 조깅 그리고 라이딩을 통해 당시의 엄혹했던 시간과 현재의 평화로움을 경험할 수 있으니, 봄소풍으로 이만한 곳도 없을 것입니다. 역사 산책, 역사 라이딩, 무엇이라 부르든 '마래 제2터널'과 '오림터널공원'은 여수 특유의 시공간을 경험하기에 안성맞춤입니다.

시간의 관문
_____ 라제통문과 노근리 쌍굴다리

온 세상이 아픈 시간의 관문 앞에 서 있는 것 같았습니다. 판도라 상자가 열렸는지 코로나19 팬데믹의 시대가 끝날 기미가 보이지 않았습니다. 방역 수칙이 강화되자 한동안 지역으로 또 외부로 시선을 옮겼습니다. 맞닿아 있는 무주군과 영동군, 서로 한 시간 거리에 있는 라제통문과 노근리 쌍굴다리를 차례로 찾았습니다. 한국의 현대, 근대, 삼국시대를 오가는 역사적인 시간의 관문들을 이제 곧 통과합니다.

우선 무주군의 라제통문을 찾아가 봅니다. 설천교 너머 라제통문이 보입니다. 신라와 백제의 경계를 넘어가는 터널을 곧 지납니다. 이 터널은 삼국시대 두 나라의 국경지대로 추정되는 석모산 능선 아래 자리해 있습니다. 이 능선을 경계로 서쪽(터널 앞쪽)은 백제(현재 설천면), 동쪽(터널 뒤쪽)은 신라(현재 무풍면)의 땅이었다고 합니다. 라제통문이 생기기 전에는 두 지역을 오가는 사람들이 넘어 다니던 고갯길이 있었다고 하는데, 주변 일대의 지리를 살펴보면 동쪽에서 낮은 능선을 타고 하천을 건넜을 것으로, 서쪽에서는 그 반대로 하천을 건너 석모산 능선을 넘었을 것으로 보입니다. 지금은 라제통문을 사이에 두고 서쪽은 두길리 신두마을, 동쪽은 소천리 이남마을이 자리해 있습니다. 둘 다 설천면에 속합니다.

신라의 '라'와 백제의 '제'를 따서 이름 붙인 탓에, 세간에선 삼국시대에 인근 두 마을 사람들이 국경을 넘나들기 위해 이 통문을 뚫었을 것으로 생각합니다. 마치 영화 '만남의 광장'의 스토리같이, 경계선 이쪽과 저쪽의 마을에 나뉘어 사는 일가친척이 몰래 만나기 위해 뚫어 놓은 굴로 인식하기 딱 좋은 거죠. 그런데 이는 오해인 것 같습니다. 1963년 무주군이 인근 산세를 따라 휘감은 하천과 기암괴석의 풍경들을 제1경 '라제통문'부터 제33경 '덕유산 향적봉'까지, 구천동 33경 명소로 지정하면서 이를 홍보하는 과정에서 오류가 발생했을 것이라는 지적이 있었죠. 덕유산국립공원 내의, 지금은 사라지고 없는 옛 안내판에는 이런 설명이 적혀 있었습니다.

통일문으로도 불리는 라제통문은 무주군 설천면에서 무풍면으로 가는 도중 설천면 두길리 신두마을과 소천리 이남마을 사이를 가로 질러 암벽을 뚫은 통문을 말하는데 무주읍에서 동쪽 19킬로미터의 설천은 옛날 신라와 백제의 경계에 위치하여 두 나라가 국경 병참 기지로 삼아 한반도 남부의 동서문화가 교류되던 관문이었다. 이렇 듯 삼국시대부터 고려에 이르기까지 풍속과 문물이 판이한 지역이 었던 만큼 지금도 언어와 풍습 등 특색을 간직하고 있어 설천장날에 가보면 사투리만으로 무주와 무풍 사람을 가려낼 수 있다.

　삼국시대와 관련한 이야기들이 많이 전해지고 있어서 그리 생각할 수도 있었겠다 싶습니다. 예컨대 김유신이 백제의 의직 과 무주에서 싸웠다는 《삼국사기》의 기록, 신라와 백제 간 전 투에서 죽은 병사들의 시체로 인해 파리 떼가 모여들었다고 하 여 이름 붙은 야산의 파리소라는 연못, 그 당시 죽은 병사들이 묻혔을 것으로 추정하는 인근 300여 기의 무덤 등이 삼국시대 를 소환하여 이곳을 역사적인 이야깃거리로 완결 짓는 데 한몫 을 한 것이겠지요.

　하지만 최근에는 라제통문이 일제강점기에 무주와 김천, 거 창을 잇는 신작로를 만들면서 우마차가 다닐 수 있도록 뚫은 굴이라는 이야기도 나왔고, 금광을 개발하기 위해 뚫은 굴이라

◁◁ 설천교와 라제통문

라제통문 안내판

는 이야기도 나왔습니다. 설천교에 들어서기 전 우측에 서 있는
안내판에선 후자로 적고 있는데, 후자에 전자가 더해진 내용으
로 이해하는 편이 더 신빙성 있어 보입니다. 일제가 인근 금광
에서 채굴한 금이나 지역의 농산물, 임산물 등 여러 자원을 수
탈할 목적으로 다리를 놓고 터널을 뚫었다고 보는 게 더 타당
해 보이니까요.[1]

과거에 이 터널은 '기니미굴'로 불렸다고 하는데, 현재의 안내
판은 "1950년경 안성면장이었던 김철수 옹이 무주군의 향토지
인 《적성지》에 '라제통문'으로 불러야 한다는 내용의 글을 게재
함으로써 이 관문의 이름이 '라제통문'으로 정착하게 되었다"고

라제통문 석각 현판과 주변의 비석들

라제통문 안쪽의 거친 기암

전하고 있습니다.

라제통문과 관련한 여러 기사들 중에서 '무주 '라제통문(羅濟通門)'이 언제 만들어졌다고? 일제강점기 물자수송용으로 만든 것'(《정경조선》 2014년 5월 27일 자)에는 라제통문에 관한 오해를 밝히는 글과 함께, 이전에 설치되었던 최초 안내문 사진이 실려 있습니다. 사진 속 안내문에는 앞서 인용한 "통일문으로도 불리는 라제통문은 (중략) 사투리만으로 무주와 무풍 사람을 가려낼 수 있다"는 글이 적혀 있습니다.

라제통문에 얽힌 오해들을 바로잡는 건 이 정도로 해두고, 이제 거친 야성미가 넘치는 터널로 시선을 옮깁니다. 터널 안쪽 노출된 기암의 거친 질감 못지않게 입구 양편의 석각 현판에서 뿜어져 나오는 힘찬 필력이 눈에 띕니다. 1976년 전북 출신의 서예가 강암 송성용이 쓴 글씨를 석각으로 옮겼다고 안내문은 적고 있는데, 그 아래로 노출된 기암의 거친 절리와 잘 어울리는 것 같습니다. 거기에다 현판 주변 암석들과 세로로 박힌 비석들이 금방이라도 떨어질 것 같아 다소 긴장감을 유발합니다. 앞서 여수에서 유사한 경험을 한 터라 익숙하긴 합니다만, 정교하게 다듬지 못한 면들은 당시 터널을 뚫기 위해 동원된 인근 주민의 노고가 어느 정도였을지 짐작게 합니다.

앞서 여수 마래 제2터널을 소개할 때, 거친 기암 터널이 내뿜는 분위기가 브루털리즘 건축을 연상하게 만든다며, BBPR에서

리처드 로저스의 '맥캘란 양조장' 내부

만든 이탈리아 밀라노의 '토레 벨라스카'를 언급했습니다. 2021년 12월 타계한 건축가 리처드 로저스^{Richard George Rogers}는 BBPR의 구성원 중 한 명인 에르네스토 로저스^{Ernesto Nathan Rogers}의 조카뻘입니다. 리처드는 삼촌과 달리, '퐁피두센터'나 '로이드빌딩' 같은 첨단 기술이나 소재를 이용한 하이테크 건축을 구사했습니다. 2018년 완공된 로저스의 설계작, 영국 '맥캘란 양조장'도 하이테크 건축 양식을 따르고 있습니다. 2021년 초에 문을 연 여의도 '파크원^{Parc.1}'도 그의 손에서 나왔습니다. 태권브이의 튼

리처드 로저스의 '파크원'

튼한 다리를 연상하게 하는 붉은색 구조체와 기계들이 마치 건물을 붙들어 매고 있는 듯합니다.

터널 속 노출된 거친 면에서 브루털리즘 건축과 하이테크 건축을 언급한 것은 사진에서 보는 것처럼 시각적 차이는 분명히 존재하지만, 구조체나 설비 등을 감추지 않고 노출하고 있는 점에서 맥이 닿아 있기 때문입니다. 다만 전자가 콘크리트나 철구조체를 그대로 드러낸 거친 모습의 조형이라면, 후자는 첨단 소재의 설비나 구조체를 드러낸 매끈하고 세련된 모습의 조형이라는 데서 둘의 차이점을 찾을 수 있습니다.

라제통문의 거친 기암 덕분에 잠시 곁길로 새서, 세련된 조형술의 건축을 덤으로 생각해 볼 수 있었습니다. 다시 라제통문에 집중합니다. 20여 미터의 짧은 터널은 자칫 삼국시대가 이야기의 중심이 될 것 같았으나, 마래 제2터널이 그랬던 것처럼 일제강점기 자원 수탈을 목적으로 만들어진 것임을 알 수 있습니다. 거기에다 인근 주민이 동원되었을 것이기에 이곳은 우리 근대사에서 가슴 아픈 시절의 이야기를 품고 있는 곳들 중 하나입니다. 일제의 폭력, 극악무도한 범죄, 악랄했던 자원 수탈 등은 전 국토 곳곳에 상흔처럼 너무나 많이 남아 있는데, 명소를 지정하는 과정에서 가져온 삼국시대의 이야기가 그러한 기억을 덮는 수단이 된 것 같아 안타깝습니다. 사실이 그렇지 않더라도 이제 '라제통문'은 삼국시대로 이끄는 역사적 시간의 통로이면서 일제의 아픔을 반드시 지나야만 하는 시간의 관문이 되었습니다.

장소를 옮겨, 한 시간 거리에 있는 영동군 노근리로 가 봅니다. 바로 '노근리 쌍굴다리'입니다. 이 쌍굴다리는 한국전쟁 당시 1950년 7월 26일에서 29일까지 4일간, 후퇴하던 미군이 영동읍 주곡리, 임계리 주민과 피난민을 모아놓고 비행기 폭격과 기관총 사격으로 300여 명(추정)을 집단 학살한 곳입니다.

노근리 쌍굴다리

2001년 1월 반세기가 지나서야 미국 대통령 클린턴이 사실상 학살을 인정하며 유감을 표명하는 성명서를 발표했습니다. 대한민국 근대문화유산이라는 이름으로 2003년 문화재청이 등록문화재 제59호로 지정하여 현장을 보존하고 있습니다.[2] 이런 학살의 흔적을 '근대문화유산'이라 부르는 게 합당한지는 잘 모르겠습니다만, 이곳 역시 일제와 무관하지 않습니다. 일제강점기 1934년 경부선 철도 개통을 위해 개근천(서송원천) 위를 가로지르는 길이 24.5미터, 높이 12.25미터 교량을 축조한 것이 비극의 시작이라면 시작일 것입니다.

쌍굴다리 주변에는 동그라미, 세모, 네모 표시가 여기저기 산재해 있습니다. 총탄의 흔적을 보존하기 위한 표시입니다. 피난민을 죽이기 위해 쏘아댄 미군의 탄환이 아직 박혀 있는 곳은 세모, 그 흔적만 남은 곳은 동그라미, 명확히 밝혀지지 않은 곳은 네모로 표시해 두었습니다. 이 세 모양은 드라마 '오징어 게임'을 생각나게 합니다.

'오징어 게임'은 456명의 참가자가 자신의 목숨값 456억을 두고 여러 가지 게임에 참여하면서 벌어지는 이야기를 다룹니다. 극중 최후의 게임이 바로 이 드라마의 제목이기도 한 '오징어 게임'입니다. 동그라미, 세모, 네모로 그려진 오징어 모양 위에서 벌어지는 이 게임은 어린 시절 동네 아이들과 종종 즐겼던 놀이인데, 게임에서 지면 실제로 죽는다는 드라마 속 설정은 다

쌍굴다리 주변의 사격 및 폭격 흔적

총탄 흔적을 표시한 동그라미, 세모, 네모

소 섬뜩합니다. 게임을 운영하는 주체들은 세 가지 모양이 그려진 탈을 쓰고 있습니다. 동그라미가 그려진 탈은 일꾼, 세모는 병정, 네모는 관리자를 나타냅니다. 게임에서 지면 이들에게 죽게 됩니다. 그리고 한 명의 검은 마스크가 등장하는데, 대장입니다. 대장은 친동생을 총으로 쏘아 죽이기까지 하는데요, 게임은 인물들의 동물적 감각만을 보여주는 듯 잔인합니다.

극중의 참가자, 일꾼, 병정 및 관리자는 각각 일제강점기 조선인, 친일파, 일본군의 구도를 떠올리게도 하고, 한국전쟁 당시 피란민, 한국군, 미군의 구도를 떠올리게도 합니다. 결국 참가자 중 최종 승리자만 살아남고 나머지는 죽습니다. 그들은 게임 기획자뿐만 아니라 비슷한 처지의 다른 참가자들에 의해 죽게 되는데, 이러한 구조는 피란민이 적군뿐만 아니라 아군이라 생각했던 미군에 의해 학살되고, 심지어 국군에 의해 학살되는 구조와 유사한 것 같습니다. 특히 국군에 의해 죽임당한 수십만의 양민을 생각하면, 전란의 산하에서 발생한 엄청난 수의 죽음은 실로 비극적이지 않을 수 없습니다.

한국전쟁 당시 미군에 의한 노근리 민간인 학살은 종전 이후 오랜 시간 동안 육중한 망각의 시간에 짓눌려 있었으나, 1999~2000년 한·미 양국이 공동 조사를 실시하면서 어느 정도 진상이 드러났고 미국 대통령의 유감 성명 발표까지 이끌어냈습니다. 그리고 2011년, 희생자들의 영혼을 위로하고 추모하기 위해 쌍굴다리 가까운 곳에 평화공원이 조성되기에 이르렀습니다.

쌍굴다리를 연상케 하는 노근리평화공원 입구를 지나면 우측에 평화기념관, 좌측에 조각공원이 있습니다. 기념관 너머로는 드넓은 공원이 펼쳐져 있고 나지막한 산세가 주변을 두르고 있습니다. 이곳은 맑은 공기를 마시며 산책하기에도 좋고, 가족이 나들이로 방문하기에 더없이 좋으며, 단체로 소풍을 가기에도 좋은 환경을 가지고 있습니다.

조각공원과 평화기념관을 지나면 위령탑이 나타납니다. 다섯 개의 철기둥이 빛을 발합니다. 쌍굴다리와 피란민의 모습을 주

쌍굴다리를 연상케 하는 형태의 노근리평화공원 입구

노근리평화공원 내 평화기념관

노근리평화공원 위령탑

쌍굴다리와 피란 행렬 모습이 조각된 위령탑 하단부

제로 만들어진 이 위령탑은 추모의 마음을 절정에 이르게 합니다. 세련되지 않은 형태의 위령탑이 주는 투박한 감성은 다섯 철기둥의 빛과 함께 휘발되어 날아갑니다. 엄혹하고 고단했던 일제강점기를 지나자마자 서로 다른 이념이 만들어낸 소용돌이 속에서, 결국 살아 돌아오지 못한 영령을 위해 위로와 추모의 마음을 남기고 돌아섭니다.

한국의 현대와 근대, 그리고 한참 앞선 삼국시대를 오가는 시간의 관문들. 떼어내기 힘든 상흔이 달라붙어 아픈 기억들로 점철된 라제통문과 쌍굴다리를 뒤로하고, 이제 또 다른 기억의 공간을 찾아 발걸음을 내딛습니다.

사월병, 4·16의 기억
_____ 4·16생명안전공원

4월은 가장 잔인한 달,

죽은 땅에서 라일락을 키워내고,

기억과 욕정을 뒤섞으며,

봄비로 잠든 뿌리를 뒤흔든다.

차라리 겨울은 우리를 따뜻하게 했었다.

망각의 눈(雪)으로 대지를 덮고

마른 구근으로 가냘픈 생명을 키웠으니.

(중략) 나는

산 것도 죽은 것도 아니었고, 아무것도 몰랐었다.

다만 빛의 한복판, 그 정적을 들여다보았을 뿐이었다.

바다는 황량하고 님은 없네.

T.S. 엘리엇의 시 〈황무지〉 일부입니다. 마지막 구절 "님은 없네"가 누군가의 가슴에 비수가 되어 날아들지도 모르겠습니다. 기억으로만 되살아나는 치유되지 않는 '사월'이라는 이름의 병은 그렇게 계절이 돌아오듯 반복됩니다.

여전히 이런 시구절에 마음 저미는 시대를 사는 우리는 불행합니다. 광화문광장에 설치되었던 세월호 기억공간은 2021년 8월 5일 완전히 철거되었습니다. 다행히 같은 해 11월 서울시의회 옆 임시 공간에 다시 문을 열었습니다.[1] 또 '4·16생명안전공원'은 안산시 단원구 초지동 화랑유원지 내 남측 미조성 부지(2만 3000제곱미터)에 디자인 공모를 통해 건립될 예정이었습니다. 그러나 인근 주민이 혐오시설이라며 건립을 반대해 난항을 겪다가 우여곡절 끝에 조성 공사가 재개되었습니다.[2]

근래 모 언론매체에서 4·16생명안전공원 건립과 추모, 기억, 공감 등에 대한 인터뷰가 있었습니다. 우리 사회가 안고 있는 문제, 추모 혹은 기억공간에 대한 공감과 그것의 의미 등으로 요약해 볼 수 있는 것들이었습니다. 세 가지로 압축하면 다음과 같습니다.

한국의 전통적 추모 문화에 익숙한 사람들은 "가슴 아픈 일은 빨리 잊어야 한다"며 4·16생명안전공원의 건립에 부정적인 입장을 드러냅니다.

2020년 1월 27일 아우슈비츠 해방 75주년 기념행사가 대대적으로 치러졌습니다. 이날은 유엔이 정한 홀로코스트 희생자 추모일이기도 합니다. 서구의 많은 매체가 2차대전 당시 독일이 자행한 유대인 대학살(홀로코스트)과 1945년 1월 27일 아우슈비츠 해방, 그리고 희생자를 위한 추모에 관해 보도했고, 전 세계가 이와 관련된 뉴스를 접했습니다. 가슴 아픈 일을 그들은

2017년 9월, 목포신항에 누워 있는 세월호와 일몰

왜 그렇게도 기억하고 추모하여 후대까지 이어나갈까요? 잔인 무도함의 역사를 기억하고 희생된 이의 넋을 위로하는 의식은 단순하지만 자명한 사실, 비극의 반복을 막고자 함이 아니겠습니까. 혹 세월호 참사를 홀로코스트에 비교할 만한 것이냐 되물을 수 있습니다. 경위, 목적, 피해 및 희생 등 많은 것이 다릅니다만, 무고한 인명이 희생되었다는 공통점이 있습니다.

　사랑하는 이를 잃고서, 하물며 자식을 잃고서 어떻게 그들을 잊고 아무 일이 없었던 것처럼 일상을 살 수 있겠습니까. 세월호 참사의 희생자 대부분은 아직 어머니의 사랑이 필요한 학생이었습니다. 자식을 잃은 슬픔은 그 어떤 말로도 위로가 되지 않을 것입니다. 그럼에도 우리의 몫은 유가족을 위로하는 것이지 그들을 멈추게 하는 것이 아닙니다. 우리에게는 그들을 위로하는 입은 있어도 멈추게 하는 입은 없을 것입니다.

　반복이지만, 뜻하지 않은 불행한 사고로 사랑하는 이를 잃은 고통, 그 부재에 대해 슬퍼하고 기억하려는 유족에게 세월호 참사를 잊으라 강요하는 것보다는, 지금도 고통받는 그들을 위한 위로가 선행되어야 하고 그런 사회가 되어야 함이 마땅할 것입니다. 슬픔을 나누어 반으로 줄이고 또 줄이는 것이야말로 전통적인 추모 문화에 더 가까운 것이지 않겠습니까. 세월호 참사가 우리 사회에 주는 교훈을 끊임없이 되새김해도 부족할 텐데, 왜 그렇게 잊자고 하는 걸까요?

4·16생명안전공원이 도심에 지어지는데, 물리적으로 가깝다는 점이 사람들의 기억과 공감을 이끌어내는 데에 얼마나 중요하게 작용하는지 많은 이가 궁금해합니다.

9·11테러 희생자를 위한 기념비Ground Zero Monument가 그 사건과 희생자들을 잊고자 어디 외딴곳에 세워졌던가요? 유럽 전역에서 희생된 유대인을 잊지 않고 추모하고자 세운 추모비와 기념비들은 또 어떤가요? 이제는 그만해도 될 것 같은데, 이제는 잊어버려도 될 텐데, 왜 그렇게 도시 곳곳에 짓고, 기념하고, 전 세계에 알리고, 고통과 수치와 비극의 사건을 역사로서 기록하

4·16생명안전공원 국제설계공모 당선작 조감도

ⓒ 4·16MUSEUM

려 할까요?

기억과 공감, 둘은 깨지기 쉬운 유리잔 같습니다. 시간이 지나면 기어은 희미해져 잊히기 마련이고, 공감 역시 줄어들어 증발하고 말 테지요. 세월호 참사에 관한 기억과 공감을 단단히 묶어 곁에 두려는 노력은, 그것의 중요성과 심각성을 고려했을 때, 이미 늦은 것 같으나 그럼에도 환영해야 할 것임이 분명합니다. 그것이 단단한 물질의 형태로 시민의 왕래가 잦은 곳에 설치된다는 것은 두 가지, 근접성과 접촉성 면에서 이점이 있을 것 같습니다.

4·16 희생자를 위한 추모공간이 우여곡절 끝에 생명안전공원으로 세워지게 되었으니, 생명과 안전을 일깨우는 그 상징이 우리 가까이 있으면 있을수록 좋겠지요. 근접성은 접촉의 기회를 늘릴 수 있습니다. 그러므로 교외보다는 도심 내 지역에 자리하는 것이 유리할 것입니다. 그것이 지척의 거리에 일상의 공간으로서, 산책을 할 수 있고 소풍을 나올 수 있는 공원의 모습으로 만들어져 손쉽게 접근하여 이용할 수 있다면, 정부의 구조 실패로 일어나지 말았어야 하는 참사가 발생한 점을 상기하고 안타깝게 희생된 이를 기억하고, 그들을 추모하며 유족의 아픔에 공감하는 데 도움을 줄 것입니다. 그렇다면 그곳은 우리 사회가 조금이라도 더 따뜻한 공동체가 되도록 만드는 데에 도움을 주는 일상의 공간이 될 것입니다.

4·16생명안전공원 건립 안내문

© 4·16세월호참사가족협의회

접촉성은 그러한 기억과 공감의 전염성을 함의하고 있습니다. 도심 내 접근하기 좋은 곳에 세워질 4·16생명안전공원은 유리한 지리적 조건을 바탕으로, 많은 사람이 방문하여 서로 접촉하고 교류할 수 있는 기회를 증대시킬 것입니다. 이곳이 추모를 위한 의식의 공간으로만 조성되지 않고 여러 가지 관련 행사가 열리는 일상의 공간으로 활용된다면, 접촉성은 배가되어 기억과 공감의 바이러스가 쉽게 전파될 것입니다. 여기에서 만들어

광화문광장의 기억공간이 철거된 후 서울시의회 앞에 마련된 세월호 기억공간 '기억과 빛'

서울시의회 옆 세월호 기억공간 벽에 적힌 추모시 〈우리 잘 지내요〉

꿈틀꿈틀 / 팔랑팔랑 / 소곤소곤 / 웅성웅성 / 봄이 오나보다 // 너희 없는 봄, 처음엔 너무도 무서웠지 / 이젠 아주 조금 봄이 기다려진단다 / 너희 이렇게 올 걸 아니까 // 얘들아, / 이제 감히 엄마가 용기 내 물을게 / 잘 지내고 있지? 노란 빛은 우리 그리움, 못다 한 사랑 / 그래서 고운 노랑나비로 돌아오는 너희들 / 잘 지내고 있다고 걱정 말라고 / 날갯짓하며 안부 전하는 거지, 그렇지? / 참 고맙고 참 예쁘다 // 돌아오는 봄은 너희들 세상 / 마음껏 멀리 마음껏 날아라 / 엄마들 아빠들 아니 여기 모두가 / 잊지 않고 사랑한다 / 우리 걱정은 말아, / 너희 날갯짓에 우리 힘 받아 / 또 올 봄 이겨낼 테니!

질 비물리적인 전염성은 사회적 거리 두기로도 막지 못할 따뜻한 공동체적 공감을 만들어낼 수 있으리라 생각합니다.

세월호 참사와 같은 국가적 재난을 기억하려는 건축의 의미와 가치는 어디에 있을까 묻는 이가 많습니다.

일반적으로 기억 건축은, 주류 역사에 편승되지 못하지만 기억 담론에서 중요하게 다뤄지는 파편화된 기억들을 역사화하는 데에 대단히 중요한 역할을 합니다. 이것은 긴 역사에서는 고고학적 의미를 지니기도 하고, 계보학적 의미에서 벗어난 특유의 혹은 독자적인 의미를 지니기도 합니다. 또한 망원경을 통해 보는 거시적 역사보다는 현미경을 통해 들여다보는 미시적 사건으로 접근하는 경우가 보통입니다. 이렇게 미세한 감각을 통해 조영한 형태로 나타나는 기억 건축은 어떠한 의미를 지니든 중요하지 않을 수 없고 그 자체로 의미 있다 하겠습니다.

세월호 참사에 관한 기억 건축은, 그리고 꼭 건축이 아니어도 기억이나 공감의 산물(서울시 세월호 추모관, 팽목항 인근 기억의 숲 등)은 지속적으로 기억할 수 있는 가능성을 우리에게 제공합니다. 거꾸로 흐르지 않는 시간에 점점 떠밀려 멀어져 가는 사건을 물리적 형태의 기억물(그것을 건축이라 해도, 조각이나 설치 예술이라 해도 좋습니다)에 단단히 묶어 붙잡아 두려는 노력은, 상실

4·16생명안전공원 설계공모에서 제시된 공간 범위(대상지, 대상지 밖 W1~3) ⓒ 4·16MUSEUM

된 부재의 존재, 사랑했던 이를 오랫동안 회상할 수 있게 하는 일종의 사당 같은 의식의 공간을 만드는 것입니다.

또한 그것은 국가적 재난에 대한 정부의 대응과 역할의 부재 및 참사 자체에 대한 경각심 인식과 반복 방지의 노력을 요구하는 상징적인 공간의 의미를 갖습니다. 그리고 무엇보다 미시적 관점에서, 사랑했던 이를 회상하고 추모하며 기리는 공감의 언어로 된 일상의 공간을 제공한다는 데 더 의미 있다 할 것입니다. 4·16생명안전공원에는 반드시 위의 의미들이 담겨야 하겠지요.

지지부진하던 4·16생명안전공원 건립은 2021년 국제설계공모전에서 이손건축 컨소시엄(이손건축건축사사무소, 건축사사무소 기오현, 인팩, 임여진, Mark Wasiuta)의 안이 당선되면서 조금씩 진행되고 있습니다. 이제 세월호 참사 희생자를 추모하고 4·16의 기억을 온전히 담을 밑그림이 그려진 셈입니다.[3]

심사위원회는 "당선작이 제안한 두 개의 축을 이루는 건축물과 화랑저수지를 향한 중정 계획은, 도시 가로와 만나는 부드러운 경계면의 풍경을 만들고 이를 통해 교통 소음을 차단할 수 있는 적절한 해법을 제시했다"고 평가했습니다. 그리고 완성도 높은 평면계획과 대지 내외부와 적절한 동선계획, 독특한 전시계획, 봉안과 추모공간의 완결성 등을 높이 평가했습니다.[4]

4·16생명안전공원 건립을 위한 전체 사업비 총 365억 원 중 공모 대상 공사비는 310억 규모로, 적지 않은 비용이 투입됩니다. 화랑유원지 전체 면적 약 60만 제곱미터 중에서 2만 3000 제곱미터의 공원, 약 1만 제곱미터의 복합공간(추모시설, 문화·편의시설 등)으로 구성되며, 2022년 착공 및 2024년 준공을 목표로 하고 있습니다. 계획대로 진행된다면 2024년에는, 앞서 언급했듯이 국가적 재난을 상징하면서도 사랑하는 이의 부재를 슬퍼하고 기억하며 추모하는 공간, 누구나 쉽게 이용할 수 있는 일상의 공간을 만날 수 있게 됩니다.[5]

오월걸상에 앉은 5·18
_____ 오월걸상

작년 오월 박경리, 재작년 오월 권정생과 피천득이

이 계절 한가운데서 작별을 고했고,

이제 흠모해오던 그이마저……

잔인한 오월!

밝고 맑고 순결한 오월은 지금 가고 있으나

사랑하는 이여, 이제 그대는 영원히 오월 속에 있다.

2009년 5월 노무현 전 대통령의 서거 직후, '그대 지금 오월 속에 있다'라는 제목으로 썼던 짧은 글이 생각납니다. 그리고 오월이면 언제나 생각나는 수필이 있습니다.

"오월은 금방 찬물로 세수를 한 스물한 살 청신한 얼굴이다"로 시작하는 피천득의 〈오월〉은, 뭔가 모를 인생사의 덧없음과 청춘의 헛헛함과 강한 생명력으로 머릿속에 자리하고 있습니다.

> (전략) 스물한 살이 나였던 오월. (중략) 나는 죽지 않고 돌아왔다. 신록을 바라다보면 내가 살아 있다는 사실이 참으로 즐겁다. (중략) 나는 지금 오월 속에 있다. 연한 녹색은 나날이 번져 가고 있다. 어느덧 짙어지고 말 것이다. (중략) 유월이 되면 '원숙한 여인'같이 녹음이 우거지리라. 그리고 태양은 정열을 퍼붓기 시작할 것이다. 밝고 맑고 순결한 오월은 지금 가고 있다.

5·18이 코앞입니다. 신록을 바라다보다가도 살아남지 못한 이를 떠올리면 참으로 원통합니다. 대검을 착검하여 총부리를 겨눈 이는 부끄러움을 몰라도, 연한 녹색이 나날이 번져가고 신록은 짙어지고 말 것입니다. 밝고 맑고 순결한 오월은 우리 속에 있습니다. 유월이 되면 녹음이 우거지고 정열의 태양이 우리를 비출 것입니다.

1980년 5월 광주에서는 군사정권에 맞서 민주화운동이 격렬히 일었습니다. 수천 명이 다치고 수백 명이 죽고 수십 명이

▷▷ 부산 서면 쌈지공원의 오월걸상

실종되었습니다. 잔인했던 신군부에 맞서 싸웠던 그날 광주의 많은 무고한 시민은 그토록 바라던 민주주의를 위해 희생되었습니다.

　이들을 기억하고 추모하고 5·18민주화운동의 정신을 기리기 위해 오월걸상위원회가 '오월걸상'을 만들기 시작했습니다.[1] 1980년대의 시대와 광주라는 지역의 한계를 뛰어넘고, 기존의 추모 방식에서 벗어나고자 누구나 앉을 수 있는 의자 형태의 기념물을 구상한 것이지요. 부산 서면, 목포역 광장, 서울 명동성당 앞, 남양주 마석 모란공원, 경기도청 앞, 서울 기독교회관 앞

등지에 세워졌습니다. 누구나 앉아볼 수 있고, 그래서 기억할 수 있도록 전국 각지에, 그리고 그 정신을 현재화하는 것을 목적으로 2018년부터 설치되기 시작했습니다. 오월결상은 우리 시대에 어디에나 있어야 하는 1980년 광주, 5·18민주화운동(민중항쟁)의 정신을 담은 상징물인 것입니다.

첫 오월결상은 2018년 1월 15일 부산 서면의 쌈지공원에 설치되었습니다. 1987년 호헌 철폐와 광주학살 책임 규명을 요구하며 분신했던 황보영국 열사를 기리기 위해 곽영화 작가가 화강암과 오석으로 만들었습니다.[2] 홍성담 화백의 판화 '대동세상'(1984)이 새겨져 있습니다.

황보영국 열사는 1961년 부산에서 태어나 1979년 성지공고를 중퇴한 뒤 울산 현대중공업, 부산 삼화고무와 태화고무 등에서 근무했습니다. 1987년 3월 3일 박종철 열사의 사십구재에 참가했다가 연행되어 일주일간 구류를 당했고, 그해 5월 17일 호헌 반대 집회에 참가하여 부산상고 앞에서 분신했습니다. 몸에 불을 붙인 뒤 "독재 타도" "광주학살 책임지고 전두환은 물러가라" "호헌 책동 저지하고 민주헌법 쟁취하자" 등을 외치며 달리다 쓰러져, 1987년 5월 25일에 운명했습니다.

두 번째 오월결상은 2018년 5월 18일 목포역 광장 앞, 5·18민중항쟁 목포 사적지 1호 옆에 설치되었습니다. 1986년 목포역 광장에서 독재정권 타도와 민주화를 외치다 분신한 강상

목포역 광장 앞 오월걸상(오른쪽)

철 열사를 추모하기 위한 것입니다. 정부가 공식적으로 인정한 5·18 희생자의 수와 같은 164개의 기둥이 동그라미 모양의 육중한 콘크리트 걸상을 떠받치고 있습니다.[3] 양수인 건축가가 만든 것으로, 고층 빌딩이나 거대한 교량 건설에 사용되는 초고성능 콘크리트 UHPC(Ultra-High Performance Concrete)로 제작했습니다만, 한쪽 모서리가 까져서 내구성에 약간의 문제가 있어 보입니다.

강상철 열사는 1964년 전남 해남에서 태어나 목포전문대 건축과에 입학했습니다. 1986년 대학에 등록하지 않아 제적된 뒤 목포 사회운동 청년연합 사무차장, 목포 평강교회 청년회

명동성당 앞 오월걸상

총무 등을 맡았습니다. 1986년 6월 6일, 목포역 광장에서 민주화운동 탄압 중지와 5·18 규명, 직선제 개헌 등을 외치며 분신하여 같은 달 26일에 운명했습니다.

세 번째 오월걸상은 2019년 5월 9일 명동성당 앞에 설치되었습니다.[4] 정화수 받침 또는 제기(祭器) 모양으로 걸상이 만들어졌는데, 세 개의 원형 걸상 가운데 하나에 "오월걸상 1980.5.18~5.27"이라고 새겨진 동판이 있습니다. 별다른 조각이 없고 높이가 적당히 낮아서 앉기에 편리합니다. 더욱이 바로 앞은 자동차가 천천히 통행하는 보행 겸용 도로이기 때문에 자동차 매연이나 소음으로 인상 찌푸릴 일도 적어 이용하기에 가장 편한 위치로 보입니다.

네 번째 오월걸상은 2020년 5월 12일, 경기도 남양주 마석의 모란공원에 설치되었습니다. 모란공원은 박종철, 문익환, 김근태 등 많은 민주화운동 인사가 묻힌 곳입니다. 제주 해녀상으로 유명한 조각가 이승우의 작품입니다. 하나는 고흥석을 사용해 만들었고, 다른 하나는 4·3평화공원의 백비(白碑)에 영감을 얻어 포천석으로 만들었습니다.[5] 거대 권력인 정부에 의해 자행된 4·3사건과 5·18의 유사성을 잇고 있는 것 같습니다. 역시 "오월걸상 1980.5.18~5.27"만 새겨져 있습니다. 평상시에 사용할 수는 없지만 모란공원을 찾는 이에게는 특별하게 다가가는 기념물이 될 것 같습니다.

모란공원의 오월걸상

경기도청 앞 오월걸상

다섯 번째 오월걸상은 2020년 5월 14일 경기도 수원시 경기도청 앞에 설치되었습니다. 이곳 오월걸상은 홍성담 화백의 판화 '횃불행진'(1983)이 큰 돌에 새겨져 배경으로 서 있습니다. 그림과 그 앞 걸상은 함안 마천석으로 만들어졌고, 바닥과 뒤의 흰 돌은 거창석입니다. 작가의 의도대로 지역 간 화해와 조화를 바라는 마음이 담겼습니다. 경상도 돌이 광주 사람의 그때 그 정신과 희생을 기억한다는 의미로 두 돌을 함께 사용했다고 합니다.

명동성당 앞과 모란공원 등에 설치된 오월걸상에는 5·18의 항쟁 기간 말고는 다른 설명을 넣지 않았습니다. 그럼으로써 기존의 과잉된 추모 방식에서 벗어나고자 했다고 오월걸상위원회는 설명합니다. 거창한 표식 없이 저마다 다른 형태의 오월걸상들이 1980년 5월 18일에서 27일까지 격렬했던 그때의 시간과 인물을 기억하고 있습니다. 오월걸상 기획자 중 한 명인 서해성은 그 취지를 이렇게 적고 있습니다.

오월을 불러내 한 개 걸상으로 만들고자 한다. 오월이라는 시간의 뼈에 걸터앉은 우리 시대를 말하고자 함이고, 오월의 이름 위에 우리가 몸과 시대와 양심을 의탁하고 있음을 일상에서 깨우치고자 함이다.

오월은 오월 밖으로 불러낼 때만 생생한 현재로서 오월일 수 있다. 오월의 시간을 일상에서 만날 수 있을 때만 오월은 오월이다. 그러므로 오월은 광주라는 공간에 갇힐 수 없고 어느 해 오월이라는 특정한 시간에 한정될 수 없다. 역사에서 오월은 늘 '장기(長期) 오월'이다. 이것이 살아 있는 오월이다. 그 거룩한 헌신과 희생에 걸터앉아 우리 시대는 창조되었다. 오월을 일상의 공간에 한 개 걸상으로 불러내는 까닭이다.

더 광주 밖으로 더 오월 밖으로 불러낸 오월걸상에 앉아 날로 오월을 벼리어내고자 하는 뜻이다.

기억의 배신과 맞서기 위하여 이 봄날, 팔도에 오월걸상이라는 인간 양심과 시간의 나침반을 놓는다.

스스로 죄 있는 자라고 믿는 손길은 깊다.

2020년 5월 30일에는 한국기독교회관 앞에 김의기 열사를 기리는 오월걸상이 놓였습니다. 이날은 김의기 열사가 세상을 떠난 지 40주기가 되는 날이었습니다. 1980년 5월 30일, 그는 광주의 실상을 알리기 위해 종로5가 기독교회관에서 '동포에게 드리는 글'을 인쇄하다가 계엄군이 들이닥치자 유인물을 밖으

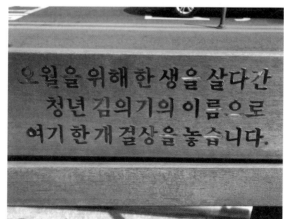

한국기독교회관, 그리고 출입구 앞 오월걸상

로 뿌린 뒤 투신하였습니다.

김의기 열사는 1959년 경북 영주에서 태어나 1976년 서강대학교 경상대 무역학과에 입학했습니다. 1978년에 농업 문제 연구 모임에 참여하기 시작했고, 이후 농촌 활동 및 감리교 청년회 전국연합회에서 활동했습니다. 그러다 1980년 5월 광주의 참상을 목격한 그는, 그달 30일 오후 5시경에 '동포에게 드리는 글'을 남기고 기독교회관 6층에서 몸을 던져 운명했습니다.

기독교회관 앞 오월걸상은 흔히 볼 수 있는 벤치 형태로 만들어졌습니다. 철재 프레임과 목재로 구성된, 서울우수공공디자인 인증 걸상입니다. 익숙한 형태의 벤치이므로 오가다 쉽게 이용할 수 있지만, 인도와 차도 경계 지점에 있어 자동차 매연과 소음에 노출되고, 게다가 좁은 인도를 오가는 행인을 고려하면 편히 이용하기에 무리가 있어 보입니다. 이런 아쉬움은, 설치 당시 제막식을 행했던 기독교회관 입구 바로 앞의 빈터로 걸상을 옮기면 해소될 것 같습니다.

한편 한국기독교회관은 군사독재에 맞서 싸웠던 흔적을, 2004년 한국기독교교회협의회 인권위원회 창립 30주년을 맞이하여 명판 바로 아래 설치한 기념 동판을 통해 간접적으로 전하고 있습니다. 동판에는 "군사독재 억압통치의 시대에도 인권, 민주화, 평화운동이 불길처럼 타올랐다. 여기가 그 중심지다. 하나님께서 우리와 함께하신다"라고 적혀 있습니다. 이런

한국기독교회관 명판과 그 아래 부착된 기념 동판

연유로 ㈜5·18민주화운동서울기념사업회 및 김의기 열사 오월
결상 건립위원회는 김열사를 기리는 오월결상을 이 건물 앞에
설치하고 40주기 추도 예배를 진행했습니다.

　부산을 시작으로 목포, 서울 명동, 남양주, 수원을 돌아 서울
종로의 오월결상에 걸터앉습니다. 시대의 인파 사이에서 "더 광
주 밖으로, 날로 오월을 벼리어내고자" 앉아봅니다. 시선을 사
로잡는 특별한 아름다움이나 근사한 은유적인 표현은 없습니
다. 하지만 이제는 매년 오월이 찾아오면 그리운 사람과 오월의
시가 떠오르던 허한 마음을, 5·18이 걸터앉은 오월결상이 대신
채워줄 것 같습니다.

아름다운 청년 전태일
_____ 전태일기념관과 동대문 평화시장

나는 돌아가야 한다. 꼭 돌아가야 한다. 불쌍한 내 형제의 곁으로,
내 마음의 고향으로, 내 이상의 전부인 평화시장의 어린 동심 곁으
로. 생을 두고 맹세한 내가 (중략) 돌보지 않으면 아니 될 나약한 생
명체들. 나를 버리고, 나를 죽이고 가마. 조금만 참고 견디어라. 너
희들의 곁을 떠나지 않기 위하여 나약한 나를 다 바치마.

1970년 8월 9일에 전태일이 쓴 일기의 일부입니다. 태일을
예수로 바꿔 읽어도 될 만큼, 그를 통해 예수의 모습을 봅니다.
어린 여공, '여시다'를 위한 돌봄의 사랑을 평화시장 곳곳에 남

평화시장 입구, 전태일이 분신한 지점의 기념 동판

기고 간 전태일을 기억합니다. 그가 그토록 간절히 이루고자 했던 것이 무엇인지, 무엇을 해도 좋은 가을날에 그가 남겨 놓은 유산의 공간을 걸으며 그 기억의 풍경을 소환하고 현재와 대치시켜 봅니다.

2016년 구의역 스크린도어 수리 작업 중 전철에 끼여 사망한 열아홉 살 청년 노동자, 2020년 2월 포항의 한 제철공장 용광로에 빠져 생을 다한 서른한 살 노동자, 2021년 9월 인천의 한 아파트에서 달비계를 타고 외부 유리창을 청소하다 줄이 끊어져 사망한 20대 노동자, 2021년 10월 첫 현장실습을 나가 요트 밑을 청소하던 중 사망한 여수의 열여덟 살 특성화고교 학생, 여전히 위험천만한 노동 현장에서 죽어가는 수많은 노동자를 상기하면서, 스물세 살 분신하여 짧은 생을 마감한 그를 기억합니다.

전태일은 1948년 9월 28일 대구에서 태어나 1970년 11월 13일 서울 동대문 평화시장 앞에서 열악한 노동 현실을 고발하며 분신했고, 병원에 실려 갔으나 끝내 일어나지 못했습니다. 죽기 전 어머니께 "내가 못다 이룬 일을 어머니가 대신 이뤄주세요"라는 유언을 남겼습니다. 그의 무덤은 마석 모란공원에 마련되었습니다. 그리고 어머니 이소선 선생님은 전태일에 이어 노동운동의 어머니가 되었고, 2011년 같은 곳에 묻혔습니다. 이곳은 훗날 노동운동에 힘썼던 그의 후예 중 한 명인 노회찬이 묻힌 곳이기도 합니다.

전태일 반신 동상과 길 건너편의 전태일 그림자

근로기준법이 있어도 노동자의 권리를 제대로 보호하지 못하는 현실 앞에서 그는 근로기준법 화형식을 준비하고 "우리는 기계가 아니다! 일요일은 쉬게 하라! 근로기준법을 준수하라!" 등의 구호를 외치며 시위를 시작했습니다. 그러나 경찰의 방해로 무산되자 자신의 몸에 석유를 뿌리고 불을 질렀습니다.

하루 열네 시간이 넘는 고된 노동에 시달리면서도 꾸준히 쓴 일기, 노동 현실을 고발하는 진정서와 편지 등이 바탕이 되어 1983년 《전태일 평전》과 1988년 《내 죽음을 헛되이 말라》가 출간되었습니다. 1995년에 영화 '아름다운 청년 전태일'이 개봉했고, 2005년에는 그의 정신을 기리고 그를 기억하기 위한 반신 동상이 청계천6가 버들다리(전태일다리)에 세워졌습니다. 그리고 2019년, 마침내 전태일기념관이 개관하기에 이릅니다.

평화시장은 인근 동화시장, 통일시장 등과 함께 의류상가와 제조업체가 밀집한 곳이었습니다. 여기는 전태일이 1960년 남대문초등학교 4학년을 그만두고 가족의 생계를 위해 동대문시장에서 행상을 시작하여 죽기 전까지 일했던 곳입니다. 그는 1965년 학생복을 제조하던 삼일사에 재봉 보조원으로 취직했고, 1966년 재봉틀을 다루는 재봉사가 되어 통일사로 직장을 옮겼습니다. 이후 한미사의 재단 보조를 거쳐 재봉사보다 더 높은 지위의 재단사가 되어 동료 노동자의 노동환경 개선에 힘썼습니다. 1968년 근로기준법을 알고 이에 관해 공부하면서 근로기준법이 지켜지지 않는 현실에 대항하기 시작했습니다. 1969년 동료 노동자들과 '바보회'를 만들어 평화시장의 노동환경을 조사하고 근로기준법에 관한 내용을 알리기 시작했으나, 사업주들은 그를 해고했고 그는 평화시장을 떠나게 되었습니다.

그곳을 떠나 그는 한동안 공사장 막노동을 하였으나 이듬해 9월 다시 돌아와 삼동친목회를 만들고, 노동환경 실태 조사를 재개하여 노동청, 서울시, 청와대 등에 진정서를 제출하기에 이릅니다. 사업주 대표들과 노동환경 개선과 노동조합 결성에 관한 협의를 진행하고자 했으나 행정기관과 사업주들의 방해로 무산됩니다. 결국 그는 근로기준법이 있음에도 노동자의 권리를 제대로 보호받지 못하는 현실에 맞서, 1970년 11월 13일 평화시장 앞에서 근로기준법 화형식과 함께 자신을 화형시킵니다. 그의 죽음은 노동자의 열악한 현실을 알리고 노동자 스스로 노동환경을 개선하려는 노력으로 이어지는 계기가 되었습니다. 그가 죽고 1972년 유신체제 시작 전까지 노동자들의 저항운동이 활발히 전개되었습니다.

당대 산업화사회, 열악한 노동환경, 근로기준법의 유명무실함에 맞서야 했던 그의 저항에는 힘겨워하는 '어린 동심의 동료'에 대한 사랑이 가장 큰 원동력이 되었습니다. 자신도 가난

▷▷ 전태일기념관 벽면에 설치된 전태일 동상

전태일기념관에 전시된 여공의 작업장 모형

에 시달리면서 차비로 풀빵을 사 어린 여공들에게 나눠주고 걸어서 귀가하는 날이 잦았습니다. 그러다 귀갓길에 통금 시간에 걸려 파출소에 붙잡혀 있다 새벽에 들어오곤 했습니다. 함께 일하는 동료의 열악한 노동 현실을 외면하지 않고, 고통받는 어린 여공, 폐렴에 걸려 해고되는 그들을 돕고자 애썼습니다.

옷을 만드는 공장은 영세해서 2평 남짓 좁은 공간에 다락을 만들어, 그곳 노동자들은 허리도 펴기 힘들었습니다. 어린 '시다'는 창도, 환기 장치도 없는 이곳에서 심하게 날리는 실 먼지를 마시며 폐질환에 시달리다 쓰러지고, 장시간 저임금 노동에 시달리면서도 초과근무 수당을 받지 못했습니다. 여기서 전태일의 동료애, 함께 일하는 이들에 대한 배려와 사랑, 어려운 처지에 대한 공감, 부당한 현실에 맞서 싸울 줄 아는 용기 등을 배웁니다. 그는 그녀들을 위해 재봉사보다 더 큰 권한을 가진 재단사가 되어, 어린 시다 역시 노동자로서 노동시간과 임금과 처우를 보장받게 하고자 힘썼습니다. 종국에는 죽음으로써 그 일을 해내고자 했습니다.

"어린 시다들이 밤잠을 제대로 못 자는지 매일 오전 시간만 되면 꾸벅꾸벅 졸면서 작업들을 하잖아요. (중략) 꼬르륵 소리가 나길래 제가 풀빵 30개를 사서 여섯 명에게 골고루 나누어 주었더니 작업장 분위기가 훨씬 좋아지면서 오전 시간에는 거뜬히 일들을 해내더라고

전태일기념관

리모델링 전 흔적을 남겨놓은 3층과 2층 사이 계단참과 계단실 창

요. 그래서 집에 올 때 차비가 없어서 걸어오느라 파출소에서 잤던 거예요."(2006년 이소선 여사 구술 기록에서)

"나는 돌아가야 한다. 꼭 돌아가야 한다. 불쌍한 내 형제의 곁으로, (중략) 내 이상의 전부인 평화시장의 어린 동심 곁으로. (중략) 너희들은 내 마음의 고향이로다."(전태일의 일기에서)

현재의 저에게 이를 투영해 봅니다. 너무나 부끄러워 그저 그에 대한 마음은 숙연해지기만 합니다. 가끔 동대문, 청계천, DDP 주변을 갈 때면 그의 동상이 서 있는 전태일다리를 찾았습니다. 그러곤 잠시 멈춰, 분주하게 지나는 인파 속에서 그를 찾아 사진에 담았습니다. 다행히도, 거리는 좀 멀지만 좀 더 발길을 잡아둘 전태일기념관이 마련되었습니다. 여기에서 그의 불우했던 가정사와 짧았던 일생, 운명처럼 받아들인 작업환경과 어린 시다에 대한 사랑, 부당한 노동환경을 개선할 것을 요구하며 관공서에 보냈던 진정서들, 무엇보다 그가 꿈꿨던 모범업체 '태일피복'을 만날 수 있습니다.

전태일기념관은 2019년 4월 30일에 개관하였습니다. 1층 로비와 수장고, 2층 울림터(공연장), 3층 이음터(상설전시실)와 꿈터(기획전시장), 4층 노동허브와 사무공간, 5층 서울노동권익센터로 구성되어 있습니다.

이 기념관은 본래 서울은행 수표교지점(종합건축연구소, 김정수 설계)으로 1962년에 세워진 이후, 1980년대 후반과 90년대 증개축이 이루어졌습니다. 기념관으로 탈바꿈하기 전까지 낡은 모습으로 청계천 앞을 지키고 서 있었습니다. 초기의 모습은 이미 사라져 있었고, 2017년 공공건축가를 대상으로 연 '노동복합시설 조성 건물 리모델링 설계공모'에서 당선된 안(윤정원+하우건축사사무소)을 바탕으로 2019년 리모델링되어 우리 곁에 오게 되었습니다.

여느 건물과 같이 특별한 것 없어 보인다 할지 모르겠으나, 이 건물에는 바로 전태일을 상징하는 입면(파사드)이 있습니다. 청계천에 면한 파사드는 누가 보아도 인상적입니다. 거기에는 전태일이 근로감독관에게 보낸 진정서가 자랑스럽게 걸려 있습니다.

여러분, 오늘날 여러분께서 안정된 기반 위에서 경제 번영을 이룬 것은 과연 어떤 층의 공로가 가장 컸다고 생각하십니까? (중략) 여러분의 어린 자녀들은 하루 15시간의 고된 작업으로 경제 발전을 위한 생산계통에서 밑거름이 되어왔습니다. (중략) 어린 여공들은 평균연령이 18세입니다. (중략) 인간적인 요소를 말살당하고 오직 고삐에 매인 금수처럼 주린 창자를 채우기 위하여 끌려다니고 있습니다. (중략) 내심 존경하시는 근로감독관님, 이 모든 문제를 한시바삐 선처 있으시기를 바랍니다.

전태일이 근로감독관에게 보낸 진정서가 조형된 기념관의 입면

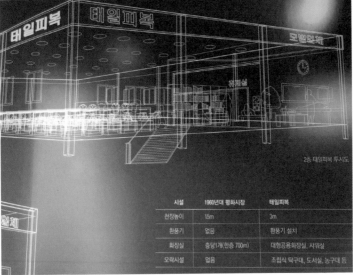

2층 태일피복 투시도

시설	1960년대 평화시장	태일피복
천장높이	1.5m	3m
환풍기	없음	환풍기 설치
화장실	층당1개(한층 700m)	대형공용화장실, 샤워실
오락시설	없음	조립식 탁구대, 도서실, 농구대 등

태일피복 투시도

전시공간 벽에 붙어 있는 태일피복 광고와 구인공고

재봉틀을 소재로 한 전시작

그의 글과 글씨체(시공을 위해 임옥상 화백이 변형)가 그를 기념하는 공간의 일부가 되었습니다. 참신합니다. 기념관 3층 전시공간에서 그에 관해 자세히 설명하고 있습니다. 전태일의 어린 시절(1부), 전태일의 눈에 들어온 현실(2부), 전태일의 실천(3부), 그리고 그가 꾸었던 꿈(4부)을 통해 이 공간은 전태일을 기억하고 있습니다.

가장 인상적인 공간은, 그가 꿈꿨으나 실현하지 못한 모범업체 '태일피복'의 구상을 투시도로 옮겨놓은 곳입니다. 전태일은 이곳을 재봉 기계 50대, 종업원 157명, 미싱사 급여 3만원, 자본금 3000만원, 시다 급여 8000원, 노동시간 8시간, 직공교육 교사 5명(월 급여 2만 5000원), 조립식 탁구대, 도서실 등의 조건으로 구상했습니다. 그가 일찍 세상을 떠나지 않았다면 실현되었을지도 모르겠습니다.

그의 노력과 꿈이 현재 우리의 노동 복지 수준을 높인 것은 아닐까 생각합니다. 어느 대선 후보는 일주일에 120시간도 일할 수 있어야 한다고 했는데, 태일이 형님이 살아 계셨으면 뭐라고 했을지 궁금합니다. 같은 당 국회의원의 아들인 30대 초반의 회사원이 택지 개발 비리에 연루된 업체에서 50억 원의 퇴직금을 받고, 같은 회사에 있던 특검의 딸이 퇴직금으로 수억 원짜리 아파트를 분양받는 비정상적인 이 시대. 대의를 품고 어린 여심이 있는 곳으로 돌아와 그녀들을 위해 분신한 스물세 살 청년이 50여 년 전에 있었음을, 작은 꿈을 안고 살아가는 이 시대 청년들이 알게 되면 참 좋겠습니다.

겨울이 도둑처럼 오기 전에 올가을에는 평화시장, 전태일기념관, 전태일다리를 걸으며 그가 남기고 간 유산의 공간에 서 볼 수 있으면 좋겠습니다. 그 가운데, 일상에서 서로를 돌보고 사랑하는 일들이 우리 같은 범인에게는 왜 이렇게 힘든지 생각하며 그를 기억하는 시간을 가지면 좋겠다는 생각을 해봅니다.

아직 남아 있는, 그가 배부르게 식사했던 모녀식당, 그리고 그의 동료들이 모여 논의했던 명보다방에 앉아 그 시절이 어떠했을지 그려보는 것도 나쁘지 않을 것 같습니다. 그 시절을 관통해 살아온 분이라면 추억에 잠길 것이고, 그렇지 않은 젊은이는 그 시절을 추측하고 가늠해 보는 기회가 될 것입니다.

아름다운 청년 전태일이 지금 우리에게 던지는 메시지는 너무도 선명합니다. 그의 말을 빌려 이렇게 말하고 싶습니다. "내심 존경하는 사업주님, 근로감독관님, 지자체장님, 그리고 대통령님, 아직도 노동 현장에서 매년 수천 명씩 죽어나가는 이 문제를 한시바삐 선처해 주시고 재발하지 않도록 조처해 주시기 바랍니다."

노회찬을 기리며
_____ 살아 있는 것의 이유, 모란공원

2017년에서 2018년까지, 우리는 정치적으로 참 많은 것을 기억해야 하는 날들을 지났습니다. 21세기 내내 기억될 대통령 탄핵(2017년 3월 박근혜 대통령의 탄핵)과 이를 이끈 촛불집회(최순실의 국정 개입 의혹에 따른 진실 규명과 박근혜 대통령에 대한 퇴진 요구), 남북 정상의 판문점회담(2018년 4월 27일과 5월 26일 판문점에서 문재인 대통령과 김정은 위원장의 회담)과 도보다리 회담, 평양 남북정상회담(2018년 9·19 평양공동선언), 양대 정당의 정치 무대에서 소수 정당 정의당이 두 자릿수 지지율로 올라선 것, 변방의 정치인 노회찬과 심상정 의원이 거둔 높은 인지도, 그리고 많은

2007년 모란공원 전태일 묘소를 참배하는 고 노회찬 의원

이의 추모 속에 장례를 치른 고 노회찬 의원까지.

　기억은 민족이나 자기 정체성에 의해 강한 중심주의가 작동되어 만들어진 주류의 역사를 문제 삼고 이를 보완할 수 있는 가능성을 가지고 있습니다. 기억은 중심에서 밀려나 있던 타자 혹은 그들의 이야기에 대한 관심을 일깨우고, 주류 역사의 흐름, 사회적 패러다임의 전환과 주요 사건의 일련의 전개에서 소외된 많은 것들을 조명할 수 있기 때문입니다. 그것은 대표성을 띠는 인물 혹은 사건으로 인해 소거되어 왔던 인물들을 호명하고 우리 시대에 다시 소환함으로써, 빈약한 주변부를 그들의 이야기와 함께 복원하여 중심부와 주변부 사이의 간극을 좁히고 상호관계를 밝히거나 연결고리를 찾는 역할을 합니다.

기억이 기록으로 남지 않는다면 다양한 방향에서 흘러온 지류는 한 방향의 강한 본류에 묻혀 커다랗고 힘센 일방적인 정체성에 묻히거나 밀려나고 말 것입니다. 그것을 방지하기 위해 글, 사진, 영상, 조형물 등으로 기록하여 기억하는 것입니다.

가장 명징하게 남겨놓은 기억으로는 고고학적 가치의 유구나 유물을 들 수 있겠습니다. 오래된 역사 속에서 가장 구체적인 근거를 바탕으로 과거의 문화나 삶을 밝히는 작업은 남겨진 물질문화에 근거하기 때문입니다. 이러한 남겨진 것들 중에서 제일 거대하고 구체적인 것은 건축입니다. 문자의 기록으로 남지 못한 유구나 유물은 당시의 삶과 상관관계를 드러내는 가장 구체적인 기록이기도 합니다.

본래 건축은 기억해야 할 것에 대한 징표입니다. 이것을 복기하면 그 기억에 근접할 수 있습니다. 감상적이고 낭만적인 것, 신성하고 종교적인 것, 일상적 삶 속의 현실적인 것, 한 세대나 시대의 문화와 사고방식의 체계를 보여주는 전통적이거나 통념적인 것, 혹은 민주주의 이전 권력의 상징적이거나 권위주의적인 것들을 건축은 기록합니다. 정원이나 살롱, 신전이나 교회 혹은 사당, 저택이나 한옥 혹은 아파트, 극장이나 향교, 궁전이나 궁궐을 각각의 실례로 들 수 있겠습니다.

이러한 표징은 공간의 성질에서 비롯되어 나타나는 건축의 특징에 따른 것입니다. 삶을 위한 공간에서 시작된 건축은, 바꿔 말해 생존을 위해 온기의 공간이 필요한 데서 탄생한 건축은, 삶의 가장 기본적 특성을 갖는 집이라는 특징을 함의하면서 동시에 드러내고 있습니다. 보이지 않는 세계, 또 다른 세계를 위한 신들의 공간, 파르테논이나 판테온, 바실리카나 두오모 등은 삶 또는 생존이 아닌 영적인 세계의 특징을 보여주는 예들입니다. 또한 이 보이지 않는 세계를 잇는 존재의 부재함을 기억하려는 공간, 곧 죽음에 관한 공간은 이 둘의 특징을 잘 보여줍니다. 예컨대 사랑했던 왕비를 위해 지은 무덤인 타지마할은 우리가 가장 잘 알고 있는 건축물일 것입니다.

건축의 표징은 생의 공간, 삶에서 시작하여 영의 공간, 죽음에 이르기까지 대단히 폭넓고 깊은 영역을 나타낸다고 할 수 있습니다. 거창하게는 삶의 공간에서 싹이 터 죽음의 공간에서 꽃핀, 삶과 죽음에 이르는 본질적 공간의 형태화가 건축인 셈이지요. 그래서 건축은 삶과 죽음을 기억하는 매체로서 만져지는 거의 모든 것이겠습니다.

무덤 혹은 묘지 건축은 존재의 끝에 보상으로 주어지는 것이 아니라 그 존재에 바치는 봉헌이기도 하고, 존재의 기억과 기념, 찬양과 추모를 위한 징표이기도 합니다. 이 모든 것이 남은 자를 위한 것이고 몫입니다. 그래서 삶과 죽음 사이 특별한 느낌과 감정을 갖게 하는 절대 기억의 공간인 묘지나 무덤은 죽은 자의 무덤, 죽음의 무덤이 아니라 산 자를 위한 무덤, 삶을 기억하는 살아 있는 자를 위한 표징의 공간입니다. 그러므로 존재의 상실 혹은 부재에 관한 공간, 기념비나 기념관 혹은 묘지나 무덤은 남은 자가 수행해야 하는 자명한 행위, 곧 건축이고, 건축이 존재하는 가장 큰 이유 중 하나임이 틀림없습니다.

이러한 상실의 공간을 만드는 것에 우리나라는 관대하지 않은 것 같습니다. 특히 거주공간 가까이에 조성될라치면 인근 주민은 여러 이유를 들어 대대적으로 반대하거나 기피합니다. 가장 큰 이유는 혐오시설로 여기기 때문입니다. 안산 화랑유원지에 만들어질 4·16생명안전공원을 보면 잘 알 수 있습니다.

페르 라셰즈Père Lachaise, 몽파르나스Montparnasse, 파시Passy, 바뉴Bagneux 등의 묘지는 프랑스 수도 파리의 시내에 있고, 여전히 사용되고 있습니다. 지적에 서 있는 여러 성당 지하에는 성인이나 위인이 묻혀 있지요. 도시 전체가 커다란 묘지이고 무덤입니다. 물론 외국과 우리는 문화가 달라 그럴 수 있습니다. 공간의 성격을 그 성격대로, 방향이나 풍수 등의 의미로 분리해 왔던 우리 전통 건축을 고려하면, 우리와 그들의 무덤 입지는 너무나 다르다고 볼 수 있습니다. 하지만 사직단, 종묘, 사당과 같은 영의 공간들이 서울 도심 한가운데 자리하고 있다는 사실도 떠올려 보면 좋겠습니다. 우리에게도 페르 라셰즈처럼 시민이 함께 묻힐

페르 라셰즈 묘지의 정문

페르 라셰즈의 위령비

수 있는 문화가 생기면 좋겠습니다.

이제 다시 처음의 기억과 변방의 이야기로 돌아가, 무덤 건축과 모란공원에 묻힌 인물을 보겠습니다. 1969년 중앙정부부의 조작으로 '남조선해방전략당' 당수로 지목되어 사형당한 권재혁 선생이 서울에서 떨어진 이곳에 묻혔고, 1970년 노동인권을 보장하라며 분신한 전태일 열사가 공안 당국의 방해로 이곳에 안장되었지요. 이후 박정희 및 전두환의 군사정권과 노태우 정권에 저항하다 희생된 분들이 이들 곁에 하나둘 묻히며 자연스레 묘역이 만들어져, 이제는 많은 민주열사와 노동운동가가 묻혔고, 여전히 묻히는 곳이 되었습니다. 이곳은 그들의 희생과 그 위에 만들어진 우리의 삶 사이 특별한 느낌과 감정을 불러일으키는 절대 기억의 공간, 희생의 삶을 살다 간 수없이 많은 이의 생전 기억을 묻는 공간, 또 반대로 이곳에서 그들의 기억을 되뇌는 공간입니다. 이곳은 그들의 생전 기억이 겹겹이 쌓여 있고 또 그 기억의 풍경이 펼쳐집니다.

현대사의 주류가 남긴 그늘지고 습한 공간이 아닌, 변방의 자리에서 격렬하게 투쟁하다 희생된 이들이 만든 신성하고 영적인 공간, 당대의 절망과 희망이 교차하는 치열했던 삶의 공간으로 치환되는 곳입니다. 이곳은 그러한 투쟁에 의해 사라져 간 많은 이의 부재와 상실에서도 현재의 삶 속으로 건져 올릴 수 있는 단단하고 분명한 사유를 우리에게 던집니다.

서울 시내에서 접근하기 어려운 곳에 있다는 점은 그다지 아쉽지 않습니다. 오히려 그 점이 이곳을 찾는 이에게 부재와 상실에 대한 사유를 통해 삶의 심연으로 우리를 배웅하는 묘한 감상을 선물합니다.

노회찬을 기억해 봅니다. 그가 묻혀 있는 이곳을 찾은 것은 그의 죽음을 추모하고 그의 삶을 찬양하고 기념하는 것에서 나아가, 그의 생전 흔적을 더듬어 그 삶을 복기하여 그가 우리에게 던지고 있는 남겨진 이의 존재 이유, 살아 있는 것의 존재 이유를 찾기 위한 것이고, 그 존재 이유를 되새기기 위한 것입니

모란공원에 자리한 노회찬의 묘

다. 봉분과 묘비와 짧은 생의 흔적을 새긴 비문으로 만들어진 모란공원의 무덤 건축은 우리에게 줄 수 있는 가장 숭고한 가르침, 삶의 의미와 이유를 던지며 교훈적인 공간을 제공합니다

불의한 세상에 대항해 살아냈던 문익환, 조영래, 박종철, 김근태의 무덤과 함께 모란공원에 마련된 그의 무덤 앞에서, 살아 있는 것의 존재 이유와 의미를 곱씹습니다. 기억과 무덤에 관한 건축과 영의 공간이 주는 교훈을 생각하며, 그의 무덤을 통해 죽음이 아니라 삶을 소환합니다. 유대인이 삶의 지표로 삼는 두 돌비에 새겨진 언약처럼, 그의 삶이 새겨진 무덤에서 살아 있는 자의 삶의 지표를 찾습니다. '회찬이 형'이 살다 간 삶의 비는 어떤 이에게 틀림없이 살아 있는 이유, 존재의 이유가 될 것입니다.

노회찬의 약력을 소개하며, 조용히 그를 기려봅니다.

노 회 찬

1956년   부산에서 출생

1972년   유신독재 반대 운동

1983년   전기용접기능사 2급 자격증 취득, 용접공으로 노동운동 시작. 이후 노동운동과 인민노련 결성 등을 이유로 7년 동안 수배 생활

1989년	국가보안법 위반 혐의로 구속, 수번 336번
1992년	출소, 진보정당 건설 추진
1993년	매일노동뉴스 발행인으로 활동
2000년	민주노동당 창당, '1인 2표 정당명부 비례대표제' 도입
2004년	17대 총선에서 진보정당 최초 원내 진출 이끎, 17대 국회의원 당선, 호주제 폐지를 위한 '민법 개정안' 발의
2005년	삼성X파일 떡값검사 명단 공개, '장애인차별금지법 제정안' 발의
2006년	중소자영업자들에 대한 부당한 신용카드 가맹점 수수료 제도 개혁에 앞장섬, 소방공무원 처우 개선 입법 성과
2008년	노회찬마들연구소 창립, 지역 주민들과 함께 정치활동
2012년	19대 총선에서 57.2퍼센트의 압도적 지지로 당선
2013년	'삼성X파일 떡값검사 명단 공개 사건' 재판 결과 의원직 상실, 이후 대법원은 같은 사건의 민사소송에서 공익성을 인정하며 무죄판결
2016년	20대 총선에서 진보정당 최초의 3선 국회의원 당선. 정리해고제한법, 중대재해기업처벌법 등 노동자의 권리와 안전을 강화하는 법안과 신용카드수수료인하법, 대형복합쇼핑몰규제법 등 중소자영업 보호 법안을 발의. 장애인에 대한 관광 차별 금지법 개정 등 약자를 대변[1]
2018년	7월 23일 별세(향년 61세)

제2장　　　　　　　일상의 기억공간

매헌시민의숲 '일상의 추념' _____

_____ 왈우 강우규 의사 동상　　　　　　공중보행로, 서울로7017

_____ 윤슬 _____ 서소문역사공원과 서소문성지 역사박물관

안국역 _____ 경주타워

_____ 영월 젊은달와이파크

추모시설의 새로운 시각언어
_____ 매헌시민의숲 '일상의 추념'

임의 영전(靈前)에

바람이 스쳐만 가도

그대 목소리 귓가에서 맴돌고

동백꽃 질 때마다 심장이 멍드는데

별이 되어 다시 만날까?

7월이 운다

_2018년 7월 우면산 산사태 유족 일동(献詩. 林方春)

'일상의 추념'은 매헌시민의숲에 자리해 있습니다. 이곳은 숲 개념을 도입한 공원으로서, 1986년 아시안게임과 1988년 서울올림픽을 준비하며 양재톨게이트 주변 일대의 환경을 개선하여 1986년 11월 시민에게 개방하였습니다. 1980년 개포지구 토지구획 정리사업의 일환으로 조성(1983년 착공)된 까닭에 현재 다양한 종류의 나무들이 숲을 이루고 있습니다. 우거진 산책로를 따라 걷다 보면 발에 밟히는 바싹 마른 낙엽들이 "낭만, 낭만" 하고 소리 내는 듯해 감성을 한껏 자극합니다.

1988년 12월에 개관한 매헌 윤봉길 의사 기념관이 이 공원의 구심점 역할을 하고 있습니다. 2013년에는 범죄예방환경설계(CPTED) 공원으로 선정되어 시민이 마음 놓고 이용할 수 있게끔 안전 시스템이 구축되기도 했습니다. 이곳은 매헌로를 기준으로 북쪽으로는 울창한 숲이 있어 많은 시민이 찾는 공간입니다. 매헌 윤봉길 의사 기념관과 동상과 숭모비, 야외 예식장, 야외 공연장, 운동장 등이 있습니다.

남쪽으로는 1950년 한국전쟁 당시 비정규군 전투부대로 참전하여 희생된 이의 넋을 기리는 유격백마부대 충혼탑(1992), 1987년 미얀마 상공에서 폭파된 대한항공 858편 희생자를 기리고 유족을 위로하는 위령탑(1990), 1995년 삼풍백화점 붕괴 사고 희생자를 추모하며 그들의 넋과 유족의 아픔을 위로하는

◁◁ 2011년 우면산 등지 산사태의 희생자를 추모하는 '일상의 추념'

유격백마부대 충혼탑

대한항공 희생자 위령탑

위령탑(1998), 그리고 2011년 우면산·청계산·구룡산 등에서 발
생한 산사태로 목숨을 잃은 희생자의 넋을 위로하고 유족의 아
픔을 함께 나누고자 세워진 '일상의 추념'(2018)이 자리해 있습
니다.

"길 가는 손들아! 잠시 걸음을 멈추고 스무 살 안팎 젊은 목
숨을 반공 구국에 기꺼이 바친 뜻을 새기고 넋을 기려다오." 유
격백마부대 충혼탑을 설명하는 좌측 입간판의 마지막 문구가
발걸음을 잡습니다. 그리고 대한항공 공중 폭파와 삼풍백화점
붕괴의 비극적인 참사에 대한 위로와 추모의 위령탑을 돌아 '일
상의 추념'에 도착합니다. 20세기 후반 추모의 형태화를 잘 보

삼풍 참사 위령탑

가까이에서 본 '일상의 추념'

여주는 앞선 세 개의 추모시설은, 21세기 초의 새로운 시각언어·추상언어의 형태를 제시하는 '일상의 추념'의 조형성을 상대적으로 돋보이게 합니다.

'일상의 추념'이 조성된 영역의 총 면적은 190제곱미터. 가로 2.35미터, 세로 1.35미터의 사각 바닥 위에 15개의 사각 대리석 기둥이 1.6~2.5미터 높이로 서 있습니다. '일상의 추념'(메타건축 우의정, 드로잉웍스 김영배, 세종대 심재현이 협업하여 설계)은 《건축은 어떻게 아픔을 기억하는가》에서 '유럽의 학살된 유대인을 위한 기념비'에 관해 기술할 때 인용한 하버마스의 말을 연상하게 합니다.

> 예술이라는 수단으로 문명의 파괴를 표현하기는 어렵습니다. 아마도 불가능할 것입니다. 그러나 여기서 그것의 상징적인 표현을 모색하는 데 있어서 시각예술이라는 도구, 다시 말해서 현대예술의 추상적인 형태언어를 능가할 만한 매개체가 없습니다. 그것의 불안정한 자기충족은 실수와 진부함을 경계하는 데 그 어떤 것보다 나은 것으로 보입니다.[1]

그렇습니다. 두 차례 세계전쟁을 일으킨 독일의 패악적 역사, 이로 인해 잔인하게 희생된 피해자, 영문도 모른 채 대형 참사에 희생된 이들을 아름다움의 언어를 사용하는 예술의 영역에서 어떻게 '미화'할 수 있겠습니까.

베를린의 유대인박물관에 있는, '일상의 추념'과 형태적으로 유사한 '추방의 정원Garten des Exils'이 떠오릅니다. 이 기념물은 가로 세로 일곱 개씩 배열된 콘크리트 기둥 위에 올리브나무들이 심겨 있습니다. 하버마스의 말처럼 문명의 파괴를 예술을 수단으로 삼아 표현하기는 불가능할 것입니다. 그러나 건축가인 다니엘 리베스킨트Daniel Libeskind는 절망의 유대 민족, 제2차 세계대전에서 겪은 홀로코스트와 추방의 역사를 상징하는 시각예술 곧, 추상의 형태를 통해 기념비를 세웠습니다. 49개의 기울어진 사각기둥 위에 심긴 올리브나무들은 그야말로 땅에서 유배되고 추방된 정원입니다. 유대 민족의 굴곡진 역사의 의미를 전달하기에 이 추상의 형태보다 나은 것이 없어 보입니다.

이와 유사하게 '일상의 추념'은 추상의 언어를 통해 희생자를 위로하고 기억하는 형태를 취하고 있습니다. '일상의 추념'은 '추방의 정원'과 형태적으로 유사한 특징이 몇 가지 있습니다. 규칙적인 배열과 윗면의 처리가 그러합니다. 하얀 대리석의 사각기둥 15개를 3열로 배열하고 윗면을 경사지면서 거칠게 표현하였습니다. 이러한 형태는 희생을 불러온 산사태를 나타냅니다.[2] 산사태의 불안정성과 그 결과 무너져 표출된 산의 거친 면, 그로 인해 인명이 희생된 점 등을 그대로 표현하고 있습니다. 당

▷▷ 베를린 유대인박물관의 추모비 '추방의 정원'

'일상의 추념'의 거칠고 경사진 윗면

시 참사의 과정과 사태(沙汰)를 함축하고 있는 듯해 보이기도 합니다.

2011년 7월 16명의 목숨을 앗아간 우면산, 청계산, 구룡산 등 산사태를 이보다 더 잘 표현하기도 쉽지 않을 것입니다. 더욱이 건축가와 유족이 모여 여러 생각을 나누고 공유하는 과정을 거쳤다니, 더욱 쉽지 않았으리라 생각합니다. 그 과정에서 희생자의 넋을 기리고 추모하며, 유족의 슬픔을 나누는 시간을 가질 수 있었다는 점은 무척 뜻깊은 일입니다. 여러 생각들을 모으고 조율하여 하나의 결과물로 이끄는 과정에서 나온 정적이고 은유적이면서 추상적인 형태는, 그러한 사건을 잊지 않고 추모하기 위해 만들어진 값진 기념비로서 그 의미를 담아내기에 충분합니다. 그래서인지 '추방의 정원'에서 볼 수 있는 것처럼, 참사로 인한 인명 피해의 추모시설이나 기념물을 세우는 또 하나의 새로운 방향을 제시하고 있는 것 같습니다.

마지막으로 '일상의 추념'은 추상의 상징적인 기념비로서, 이전의 추모비와 다르게 공간 전체를 일상의 추모공간이 되도록 조성했습니다. 재난의 집합적인 기억과 안전의 염원을 정적인 사각의 공간과 정갈히 다듬어 세운 백석에 담아 상징적으로 형상화하고 있는 '일상의 추념'은, 다행히 20세기를 마감하는 주변의 추모시설들과 다른 조형성을 띠면서 숙연한 공간감을 자아냅니다. 그것은 21세기 추모를 위한 '신문물', 곧 새로운 기념

물과 공간의 제안으로 받아들여도 좋을 듯합니다. 이런 점이 이곳을 일상 속에서 가까이 다가갈 수 있는 장소로 만듭니다. 그렇기에 누구나 접근할 수 있는 흥미로운, 국내 몇 안 되는 공간이 되는 것 같습니다. 위로와 추모의 주제를 다루는 추모비나 기념비가 이제는 꼭 장송곡이나 미사 같은 것이어야 할 필요는 없다는 생각을 이곳에서도 하게 됩니다.

◁◁ 옆에서 본 '일상의 추념'

9·2거사
_____ 왈우 강우규 의사 동상

매년 9월이면 돌아오는 가장 큰 추념의 대상은 바로 '9·11테
러'일 것입니다. 2001년 9월 11일 납치된 여객기 두 대가 뉴욕
의 110층 쌍둥이 건물인 세계무역센터를 차례대로 들이받았
습니다. 펜타곤(미국 국방부 청사)과 함께 자살 테러 공격을 받아
3000명에 가까운 인명 피해가 발생한 쌍둥이 빌딩은 형체를
알아볼 수 없을 정도로 무너지고 말았지요. 전 세계인의 마음
이 함께 무너져 내렸습니다.

세계무역센터가 무너지고 난 직후, 이곳을 추모공간으로 바
꾸기 위한 현상설계공모가 진행되었습니다. 2002년 다니엘 리

9·11테러로 사라진 세계무역센터 자리에 들어선 추모공간 '부재의 반추'(사진 하단)와, 그 너머로 보이는 뉴욕 맨해튼 시가지

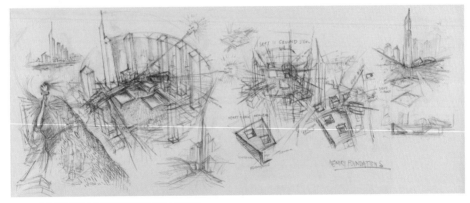

다니엘 리베스킨트의 추모공간 마스터플랜

'부재의 반추'

베스킨트의 마스터플랜이 당선되고, 이듬해 마이클 어래드Michael Arad와 피터 워커Peter Walker의 추모시설 설계안 '부재의 반추Reflecting Absence'가 당선되면서 2011년 지상의 두 추모공간이 완성되었습니다. 개관하던 날, 전 세계의 시선이 그곳에 모여 희생자를 추모했습니다. 죽음의 고통이 기억의 공간으로 되살아난 이곳은, 역설적이게도 전 세계인이 찾는 명소로 바뀌었습니다. 이곳의 추모공간과 박물관은 단순히 희생자를 기억하여 추모하는 기능을 넘어 생명의 소중함은 기본이고, 인류애, 인종과 다문화의 이해 등 모든 삶이 갖는 고귀함을 보여주며 전 세계인의 이목을 끌고 있습니다.

9월은 그렇게 모든 세계인의 기억을 이곳으로 빨아들입니다. 한편 9월이 되면, 한 세기 전에 있었던 어느 노인의 거사를 떠올리지 않을 수 없습니다. 그를 기억하고자 서울역을 찾습니다. 1919년 9월 2일 서울역(당시 남대문역)에서, 3대 총독으로 부임하는 사이토 마코토를 향해 백발의 독립운동가 강우규가 폭탄을 투척했습니다. 사이토 마코토는 운 좋게 살아남았고, 현장에 있던 행사 참석 인원 중 3명은 사망, 37명이 중경상을 입었습니다.[1] 강우규는 그달 17일 일제의 앞잡이 김태석에게 붙잡혀 서대문형무소에 수감되었다가 이듬해 11월 순국했습니다. 해방 후 1962년 건국훈장 대한민국장이 추서되었습니다.[2]

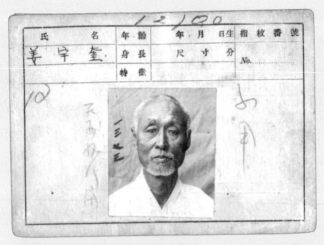

氏 名	年 齡	年 月 日生	指 紋 番 號
姜宇奎	身 長	尺 寸 分	No.
	特 徵		

		項 事 刑 受	身 分	住 所	出生地	本 籍
及其事由	出獄年月日	執行監獄	言渡裁判所	刑ノ始期	言渡年月日	刑 期	罪 名 保安法犯				
滿期				杢 年	杢 年	禁錮 懲役		職業		
假出獄		監獄	法院	日	月 日					
考					備	科 前 犯				

일제가 작성한 '감시 대상자' 강우규의 인물 카드   © 한국사편찬위원회

134

1895년에 평안남도 덕천에서 태어난 강우규는 한학(漢學)을 공부했고 한약방을 운영했습니다. 약방을 운영하며 모은 재산으로 교육계몽운동을 펼쳤고, 국권이 피탈된 직후인 1911년에 북간도로 망명해 중국과 러시아 국경 일대에서 독립운동을 준비합니다. 1915년에는 지린성 라오허현에 자리잡고 독립운동 기지를 개척했는데 이 지역을 신흥동이라 부릅니다. 1917년 그곳에 광동학교를 설립하고 민족 교육을 실시했으며, 1919년 3월에는 만세 시위운동을 전개했습니다. 그해 5월에 러시아로 건너가 폭탄을 구입한 뒤 원산을 거쳐 8월에는 서울에 잠입, 새로 부임하는 조선총독을 제거할 거사를 준비합니다. 이윽고 9월 2일, 서울역에서 사이토 마코토의 마차에 폭탄을 던졌고 며칠 뒤 체포됩니다.

일제가 강우규를 감시하며 작성해 둔 인물 카드를 보면, 백발의 노인임에도 형형한 그의 눈매를 확인할 수 있습니다. 인물 카드에선 다음과 같은 내용들이 보입니다. 우선 사진 곁에는 "불용 사형집행제(不用 死刑執行濟)"라고 쓰여 있고, 죄명란에는 '보안법범(保安法犯)', 비고란에는 '남대문역두 폭탄범인(南大門驛頭 爆彈犯人) 대정8년(大正8年)'이라 적혀 있습니다.

그는 1920년 2월 25일 사형을 선고받은 뒤 아들 강중근에게 남긴 말에서, 이 땅의 청년들에 대한 교육을 강조했습니다. 자신의 죽음이 이 땅의 청년들에게 무언가 인상을 남긴다면 그것

왈우 강우규 의사
曰愚 姜宇奎 義士

으로 족하다며, 민족의 앞날을 위해서는 무엇보다도 조선 청년들에 대한 교육이 꼭 필요함을 거듭 말합니다. 사형 선고를 받은 지 9개월 후인 1920년 11월 29일, 강우규는 서대문형무소에서 형장의 이슬로 사라집니다. 그가 순국하기 직전에 남긴 사세시(辭世詩)는 읽는 이의 가슴을 저밉니다.

> 단두대 위에 올라서니(斷頭臺上)
>
> 오히려 봄바람이 감도는구나(猶在春風)
>
> 몸은 있으나 나라가 없으니(有身無國)
>
> 어찌 감회가 없으리오(豈無感想)

강우규의 이 마지막 한시는, 2011년 서울역 광장에 세워진 그의 동상 아래 새겨져 있습니다. 그는 오랜 기간 사람들 사이에서 잊혀 있다가 서울역 앞에 동상이 세워지면서 조금씩 알려지기 시작했습니다. 당시 65세 백발의 노인이 던진 폭탄은, 젊음과 늙음이 따로 없는 독립운동의 역사 그 단편을 보여줍니다.[3] 그는 66세의 나이로 순국하기까지 독립운동가의 정신적 지주가 되었습니다. 유해는 처음에는 은평구 소재 공동묘지에 묻혔다가 1954년 수유리로 이장된 후, 1962년 건국훈장 대한민국장이 추서되고 5년 후 동작동 국립묘지 애국지사 묘역에

◁◁ 옛 서울역사 앞 왈우 강우규 의사 동상

강우규 의사의 묘소

안치되었습니다.

다음 글에서 함께 가볼 '서울로7017'에서 내려다보면 그의 동상이 눈 아래 서 있는 모습을 볼 수 있습니다. 서울로7017이 첫선을 보일 때 세상이 떠들썩했던 게 생각납니다. 산업화 시대 산물인 낡은 서울역고가도로를 보행로로 만들고 시민에게 개방하여 도시 속 새로운 경험의 지평을 연다는 소식에 사람들은 들떴습니다. 6년 앞서 강우규 동상이 들어설 때와는 대조적이었습니다. 그가 누군지, 왜 거기 섰는지 알려져 있지 않아, 그 앞을 지나는 사람들은 대개 무관심했습니다. 그곳이 100여 년 전 위대한 거사가 일어난 곳임을 아는 사람은 지금도 많지 않습니다. 많은 이가 찾아와 걷는 새 공중가로에 비하면, 그 아래선 강우규 동상은 너무 초라해 보여 안타까울 지경입니다. 게다가 강우규 의사의 항일 의거 자리를 표시하고자 옛 서울역 앞에 세워져 있던 표시석은 어디론가 사라지고 없습니다.

아이러니하게도 서울역 머릿돌에 새겨진 '정초(定礎)'는 왈우가 죽이려고 했던 사이토 마코토의 휘호입니다. 아무렇지 않게 지금까지 잘도 보존되어 있습니다. 등록문화재와 사적으로 지정된 서울 시내 근대건축물 36개 중 등록문화재 11호인 지금의 서울시의회 본관 건물에서는 조선총독부 경성부윤(현 서울시장 격) 다테 시오의 휘호가 적힌 머릿돌이 발견되기도 했습니다. 한국은행 머릿돌은 조선총독부 초대 통감인 이토 히로부

서울로7017에서 내려다본 강우규 동상

옛 서울역사 머릿돌에 새겨져 있는 사이토 마코토의 '정초' 글씨

미의 휘호이고, 연세대학교 내 수경원 터에 태평양전쟁을 찬양하는 의미를 담아 세운 '흥아유신기념탑興亞維新記念塔'은 7대 총독 미나미 지로의 휘호입니다. 옛 물길인 선통물천善通物川이 있었던 서울 마포구 래미안 푸르지오 아파트 단지 진입로에 설치된 '선통물善通物' 표시석은 6대 총독 우가키 가즈시게의 휘호입니다.[4] 무엇을 남기고 어떻게 보존해야 하는지 고민할 대목이 많습니다.

2020년과 2021년의 강우규 의사 의거 기념식은 간소하게 치러졌습니다. 코로나19의 확산 방지를 위해 어쩔 수 없는 선택이었습니다. 하지만 앞으로 치를 기념식은 1919년의 9·2거사가 있었던 바로 그 자리에서, 오늘 그가 서 있는 그곳에서, 모두가 함께하는 참여형 행사로 대대적으로 추진되기를 간절히 바랍니다.

도시재생의 빛과 그림자
_____ 공중보행로, 서울로7017

2017년 5월 20일, 서울역 북단 일대를 가로지르는 공중보행로 '서울로7017'이 개장했습니다. 시내 교통난 해소를 목적으로 1970년 들어선 서울역고가도로가 점차 흉물이 되어가고 또 안전상 문제가 확인되자, 차로의 기능을 종료한 뒤 이를 보행길로 재생한 것입니다. 19'70'년에 지어진 고가도로가 20'17'년 보행로로 재탄생한 것을 기념하고자, 이름에 '7017'이 붙었습니다.

그 바로 아래 가까운 곳에, 앞서 함께 본 왈우 강우규의 동상이 있습니다. 오늘, 그 옆으로는 차량들이 남북으로 쉼 없이 사람을 실어 나르고, 또 그 옆으로 덩치 큰 건물들이 이를 호위하

옛 서울역사와 서울로7017

듯 섰습니다. 올려다본 하늘에 반원을 그려 반대편 숭례문으로 시선을 옮깁니다. 그 앞 어디엔가 있었을 남지南池와 남묘南廟를 더듬으며.[1]

서울역 광장에서 원통의 연결 계단을 통해 서울로7017로 올라서서 지난 걸음을 되돌리며 주변을 반 바퀴 훑으니 따가운 여름 햇볕이 걸음을 재촉합니다. 좁은 고가도로 위에 아무렇게

서울로7017을 채운 콘크리트 화분들

놓은 듯한 커다란 분재들이 즐비합니다. 커다란 식물 너머로 아스팔트를 비켜 앉은 커다란 건물들이 만든 그늘 속으로 들어 갑니다.

이편과 저편 사이에 난 공중길을 걷는 기분은 꽤 재미있습니다. 2008년 광우병파동으로 한동안 촛불집회가 광화문광장에서 있었습니다. 그리고 2014년 세월호 참사로 인해 광화문광장에 많은 인파가 모였습니다. 이때 정해진 시간이 되면 종각과 숭례문을 거쳐 다시 광화문으로 돌아오는 거대한 촛불행진이 진행됐는데, 이 행진에서 처음으로 거리의 주인이 된 듯한 기분이 들었습니다. 평소 차들이 점령하던 대로의 한가운데에 선 기분은 정말이지 특별했습니다. 대로를 둘러싼 건물들이 주는 그때의 공간감을 잊을 수 없습니다. 글로만 알았던 '어느 곳이든 이르는 곳마다 주인이 된다'는 '수처작주(隨處作主)'가 현실이 되는 것만 같았습니다.

하지만 이곳에서 유사한 느낌이 들자마자, 그러니까 '작주'의 시점이 채 가시기도 전에, 꼼짝 않고 사냥감을 노리듯 기다리고 있는 입 벌린 카페와 식당을 마주합니다. 서울로7017과 연결된 이곳들은 물론 긴 공중산책로를 걷다 지쳐 잠시 쉬어가고자 하는 이에게 편안한 휴식처가 되겠지만, 왠지 잘 계산된 상업공간 같아 누군가의 속셈이 탄로 난 듯 보입니다.

서울로7017이 개통되고 얼마 지나지 않아 찾은 이곳은, 눈에

거슬리는 말끔하지 않은 마감면과 아무렇게나 놓아둔 듯한 콘크리트 분재들이 인상을 찌푸리게 만듭니다. 화분에 갇힌, 아직 잎이 풍성하지 않은 식물이 애처롭습니다. 시간이 좀 더 지나면 풍성해지겠지요. 남겨두려는 것이 철근콘크리트 도로라 이에 맞추려 그랬을까요? 온통 회색입니다. 그래서 그런지 이곳 밤은 조명이 낮의 부족함을 덮으며 유난히 빛납니다.

1920년대에 서울역이 세워진 후 철길이 회현동과 중림동, 청파동 일대를 나눠버렸습니다. 그런 철길의 모습이 시원하게 내려다보이는 이곳에 서면 숭례문 옆으로 옛 중앙일보사, 그 옆으로 브라운스톤 아파트가 크게 보입니다. 둘 사이에 있을 서소문성지 역사박물관과 그 앞쪽 염천교, 거기서 옛 중앙일보사 쪽 오르막 어디께 남겨진 소덕문 터 표시석을 그려봅니다.[2] 문득 양팔과 머리칼이 십자가에 묶여 행형장(서소문공원 일대)으로 끌려가는 가톨릭 신자를 실은 마차가 가파른 비탈이 시작되는 소덕문(현재 서소문으로 널리 알려짐)에 이르러 울퉁불퉁하고 돌이 많은 내리막을 마구 달리도록 사형집행인이 소를 채찍질하는 장면과, 그로 인해 극심한 고통을 받아 곧 죽게 되는 순교자를 떠올려 보게 됩니다.[3]

1967년 복개하기 시작하여 현재는 물줄기를 찾을 수 없는 덩굴내는 약현고개 아래 지금의 서소문역사공원을 끼고 염천

◁◁ 야간 조명이 켜진 서울로7017

교를 지났습니다. 이곳은 덩굴이 많아 덩굴내라 불렸을 텐데, 유식한 양반들은 만초천이라 불렀습니다. 덮이고 파묻힌 내는 무아(안산)에서 흘러나와 서울역 어디께, 배다리가 있었던 청파와 용산을 지나 한강으로 흘러들었을 겁니다. 그 어딘가 흘러가는 물에 힘껏 내려쳤을 아낙네의 빨랫방망이, 이제는 유물이 되어 책이나 영화에서 혹은 박물관에서나 간신히 볼 수 있으려나요. 조선 시대 남존여비는 빨래터를 아낙의 전유물로 만들었고, 덩굴내가 그녀들의 고단함과 하소연과 한숨을 받아주었을 겁니다. 그 위로 떠오른 달이 흐르고, 춤추는 달그림자 떠내려 갔을 고대가 되어버린 백만 년 전 이야기. 이제는 시커먼 매연을 뿜는 탈것들만이 흐르고 정신없는 마음만이 떠내려갑니다.

다시 고개를 왼쪽 옆으로, 약현고개 쪽으로 돌립니다. 몇 걸음 옮기니 여러 건물과 뒤섞여 약현성당이 겨우 눈에 들어옵니다. 청파동, 만리동, 중림동의 갈림길에서 고민입니다. 세 갈래로 나뉜 길은 잠시 머뭇거리게 합니다. 어느 쪽이어야 할까요.

맨 왼쪽 저기 저쪽 어딘가에서 말을 키웠고 수많은 역리와 역졸이 말과 함께 생활했을 청파역, 지금은 지명만 남은 청파동이 먼저일까요. 마포구 공덕으로 넘어가는 고개 어디쯤 학자 최만리가 살았다 해서 만리재로 불렸다는 만리동으로, 이도 아니면 약초 우거진 고개라 하여 부른 약현언덕에 선 약현성당이 있는 중림동으로 먼저 걸음을 옮겨야 할까요. 세 갈래 길이 하

서울로7017 서측, 청파·만리·중림동의 분기점

나를 선택하라 재촉합니다.

만리동 길을 따라 완만한 내리막을 걸으면 서울로7017이 끝나기 전 서울역 방향으로 아래쪽, 은색의 긴 구조물들이 원형의 공간에 걸쳐 있는 모습이 보입니다. 2016년 만리동 공원 공공미술 작품으로 당선되어 2017년 설치된 '윤슬: 서울을 비추는 만리동'입니다. 오목한 원형의 공간 위를 가로지르는 스테인리스스틸 루버가 인상적입니다. 마치 거울로 만들어진 대들보 같습니다. 이들이 만들어내는 빛의 잔물결들이 움푹 팬 땅으로 내림 층계가 만들어진 공간을 비추고 있습니다. 순간 덩굴내가 흐르고 그 위로 달이 떠올랐습니다. 역설적이게도 지하 4미터로 수렴된 지름 25미터의 공간이 만들어낸 빛의 잔물결은 1킬로미터가 넘는 공중으로 뜬 화분길 서울로7017을 호통치기라도 하는 듯 압도하고 있습니다. '윤슬'은 다음 글에서 좀 더 자세히 다루겠습니다.

서울시 홍보 웹사이트는 서울로7017을 다음과 같은 단어와 문장으로 설명했습니다. "끊느니 보행길로 재활용." "1970 서울역고가도로가 2017년 걸을 수 있는 거리로." "공중정원길." "거닐며 힐링하며 즐기는 공중산책로." "목련광장과 장미광장이 있는 길." "차는 가고 사람이 오다." "산업화 시대 교통난의 해결책으로 1970년 만들어져 동서를 잇던 고가도로가 산업 근대화의 상징물로 보존됨과 동시에 녹지와 보행자 전용 공간으로

남대문시장 방향의 빌딩숲으로 이어지는 서울로7017

바뀌다." "1970년 차량길에서 17개 사람길로 재탄생하다." "내진 1등급을 확보하여 리히터 규모 6.5 그리고 5만 명의 무게를 견딜 수 있다." "서울역 주변에 활력을 주고, 남대문시장, 명동, 남산과 서울역 서쪽을 사람길로 연결하는 방안을 시민들과 함께 고민하여 만들다." "사람과 사람, 공간을 잇다." "공중에서 아래를 내려다볼 수 있어요." "서울역에서 남산까지 걸어서 20분이면 가요."

이미 결정된 낡은 회색 콘크리트 찻길을 보존해야 하느냐 말아야 하느냐는 남겨두더라도, 어떻게 보존해야 하느냐를 두고 말이 많습니다. 걸출한 건축가 비니 마스의 바람막이가 필요했던 것일까요. 설계회사 MVRDV는 왜 여기다 화분을 놓으려 했는지 의문이 듭니다. 부산한 도시에 휴식의 공간으로 쾌적한 산책로가 제격이라서 그런가 하고 생각해 봅니다. 아니면 이미 성공한 뉴욕의 하이라인 공원(2009)에 기댄 것일까요? 이를 결정한 이름난 심사위원들은 또 무엇을 했는지, 그저 아쉬움이 분재(盆栽)에 가득 매달렸습니다.

《서울로 7017 백서 1》(225면)에 실린 "시장님, 하나를 이루기 위해서 수십 년 동안 생계로 하던 것을 포기를 할 수는 없습니다"(서울봉제산업협회 회장 차경남)라는 호소가 새삼 묵직하게 다가옵니다. 백서의 조금 앞쪽(211면)에는 서울역고가(도로교)와 뉴욕 하이라인(철도교) 비교 분석이 실렸습니다. 이는 구조에서 접근성까지 모든 면에서 서울역고가가 불리한 점을 보여줍니다. 그럼에도 서울역고가는 처음부터 하이라인의 아류가 되기를 청했는지 모르겠습니다. 사실 하이라인도 프랑스 파리의 선형 공원 '쿨레 베르트 르네 뒤몽Coulée verte René-Dumont'(1993)에서 영감을 받아 만들어졌습니다. 4.7킬로미터나 되는 철도 위에 만들어진 긴 산책로입니다.

하이라인에 영감을 받아 제안된 '서울 수목원'이 당선되어, 결국 서울로7017은 선형의 긴 공원의 계보를 충실히 이은 공간이 되었습니다. 보존이라는 결정은 어디서 왔고 그것은 긍정적인 것인가 하는 의문은 쉬 풀리지 않습니다. 어찌 오래된 것이라고

MVRDV의 '서울 수목원' 안

다 아름답기만 할까요. 복원은 말할 것도 없고 보존을 위한 재생은 거기에 담긴 역사와 가치를 세공하는 작업이 아니던가요. 서울역고가도로가 유물 또는 유산인가 아닌가 하는 논쟁은 차치하더라도, 적어도 그것이 보존할 가치가 있다고 판단하여 새롭게 재단장하고자 한 이상, 그것에 갇혀 있는 소리, 그것의 의미, 그것이 가져다 줄 아름다움이 무엇인지 규정해야 하는 것도 분명 중요할 것입니다. 공중정원의 보행로, 긴 선형의 공원이자 산책로로서 서울로7017은 많이 아쉽습니다. 거기에 많은 프로그램이 들어 있어도 뭔가 부족한 것 같습니다.

서울역고가도로는 1960년대 말 산업화 시대 교통체증을 해결하기 위해 1970년에 생겨났습니다. 산업화의 상징이라 할 수 있겠지요. 정확히 10년 후 교통문제연구원은 서울 시내 고가도로 10개소를 진단한 후, 고가도로가 교통체증을 해소하기보다는 영향을 미치지 못하거나 오히려 방해하고 있다고 발표했습니다. 그렇다면 서울역고가도로를 서울로7017로 재생한다는 것은 잘못된 예측으로 만들어진 산업화 시대의 산물을 재생한다는 뜻입니다. 더욱이 1990년대에 들어서면서 도시 미관을 저해하는 흉물이자 도시문제를 일으키는 골칫거리가 되는데, 산업화 시대의 상징이면서 잘못된 예측으로 생겨난 개발의 상징이고, 도시 미관을 해치는 흉물의 상징을 보존하고자 재생하는 꼴입니다. 철거하느니 재생하여 고쳐 쓰자는 재활용의 미덕으

서울로7017로 조성되기 전 서울역고가도로 전경 　　　　　　　　 ⓒ 서울시

로 보기에는 석연찮습니다.

　이제는 사라진 서울로7017 홍보 웹사이트 어딘가에는, 그것이 산업적 유산으로서 우리에게 의미 있는 공간으로 탈바꿈되어 다가올 것이라 쓰여 있었습니다. 글쎄요, 위와 같은 연유에서 서울역고가도로가 유산으로서 보존해야 할 가치가 있는지 의문입니다. 이 고가도로의 변신은 저성장의 시대, 바야흐로 재생과 재활용의 시대 탓일까요? 지우고 다시 쓰고 하던 개발 시대의 종말을 고하는 상징적 선언 같습니다. 여기저기 도시재생이 화두이니 무엇이든 재생하면 좋아진다는 명료한 시각적 상

징일까요?

"서울역고가도로 재생은 개발과 성장이라는 이름에 내어주었던 공공 영역을 개발과 성장을 이끌었던 흔적 위에 새로운 모습으로 드러내며, 시민들의 도시 경험의 지평을 넓힐 것이다." 사라진 서울로7017 홍보 웹사이트에 있었던 이 글대로라면, 이제 1970~80년대 이후 지어진 공공(임대)주택단지들을 보존하고 재생하자고 해도 이상하지 않을 것 같습니다. 이런 이유라면 독재와 가난, 주거문제, 도시개발이라는 시대 상황의 조형력이 만들어낸, 당시 거주의 현황과 현대적 삶의 공간을 보여주는 아파트를 고쳐 쓰자고 주장해도 그렇게 큰 잘못은 아닐 것입니다. 주거 역사에서 학문의 교육적인 역할을 생각하지 않더라도 도시 거주의 새로운 경험, 그 지평을 넓힐 수 있는 기회가 될 수도 있을 테니까요.

'보존'을 기반으로 하는 재생은 어제의 것을 오늘의 것과 결합하여 내일의 것과 만나게 하는 것이 중요합니다. 이제 좀 바르게 보존하자고 하는 사람이 많아지고, 어떻게 해야 제대로 하는 것인지 아는 사람도 늘고 있으며, 무엇보다 사물을 바라보는 의식도 높아지고 있으니, 좋은 결과물들을 기대할 만한 시대가 되었겠지요. 그럼에도 어제와 오늘 그리고 내일 사이에 새겨질 시간의 무늬를 세공하는 작업은 그리 녹록한 일이 아닙니다. 또 그런 결과물이 많지 않으니 우리는 아름답지 않은 것에 관대한 까닭을 엉뚱한 데서 찾는 경우가 많습니다.

서울역고가도로를 철거하여 당시 잘못된 판단을 바로잡을 수도 있었고, 구조를 보강하고 지금처럼 미려하게 개선하여 고가도로로 계속 사용하는 것도 하나의 방법이었을 것입니다. 또 투입된 비용을 서울역 광장 주변(광장, 낡은 거리와 노후한 주거지)을 개선하는 데에 사용할 수도 있었을 것입니다. 철거하지 않고 보존하여 재생하고자 했으면, 그래서 청파동과 만리동, 남대문시장을 '잇'고, 지난 시대와 앞으로의 시대를 '잇'고자 했다면, 세탁해서 브로치만 달아 입지 말고, 닳아서 해진 데는 누비고 바짓단은 접고 넓은 통은 얇게 모양새가 살게 줄이고, 꽉 조여진 허리는 좀 늘려서 입었어야지 하는 아쉬운 마음이 큽니다. 콘크리트 화분에 갇힌 식물들을 볼 때마다 느끼는 답답함은, 기존 고가도로를 존치하고자 하는 강박관념에 사로잡혀 일을 그르친 것은 아닌지 하는 의문으로 이어집니다.

오뉴월 뙤약볕 아래로 멀리 강우규 동상이 눈에 들어옵니다. 그의 사세시를 빌려, 서울로7017에 대한 아쉬움을 말해봅니다.

서울로7017에 올라서니

오히려 매연 바람이 분다

육체는 있으나 시대의 정신은 없으니

어찌 후환이 없을까

서울로7017의 진입 계단과, 양편 노면에 적힌 청파동·만리동·충정로 등 이정표

오래된 것이 다 아름다울 리가 있겠습니까마는, 그럼에도 오래되었으니 아름다움이 어디엔가 있지 않을까, 이제는 변신했으니 잘된 점들이 어디에는 있지 않을까 찾아봅니다. 과거를 소중히 여기자는 것은 좋은 것이니까요. 서울로7017 홍보 웹사이트 어딘가에서 밝히고 있는 그것의 역사적 의미는 '잇는 것'입니다. 공장과 시장을 잇는 산업적 유물로서, 이곳은 물건을 싣고 오갔던 남대문시장과 청파동, 만리동의 봉제공장 상인이나 이곳을 이용한 많은 시민에게 저마다 추억의 거리일 것입니다. 차로만 다닐 수 있었던 길을 모든 이가 걷게 되었으니 그 또한 다른 감상을 줄 수 있어 좋을 것입니다.

긴 수목원이 된 서울로7017은 이전에는 경험하지 못한 새로운 일상의 공간을 제공하고, 새로운 휴식처가 되어주며, 이전에는 보지 못한 다양한 도시공간의 관점을 제공합니다. 건물들 사이에 난 길을 걸으며 공중을 걷는 듯한 경험을 하고, 고가도로 아래로는 평상시에 목격하기 힘든 남북으로 흘러가는 차들의 움직임과 호위하고 나선 양옆 건물들의 이색 풍경을 감상할 수도 있습니다. 생경한 경험을 부르는 이곳은, 부드럽게 덤벼드는 꽃향기를 맡을 수도 있어서 전국에서 가장 고약한 매연의 고장인 서울을 잠시 잊게 하는 뜻밖의 일도 일어납니다. 이렇게 초대된 보행인은 걷는 즐거움을 만끽하며 보행친화도시의 좋은 점을 몸소 경험할 것이고, 이는 좀 더 많은 보행로의 요구로 이

서울로7017의 낮과 밤

어질지도 모를 일입니다. 그래서 서울이 좀 더 보행친화적인 도시로 전환되어 일상 삶의 측면에서, 환경적인 면에서도 이전보다 좋아질 기회가 늘면 좋겠습니다.

이곳에서 일어나는 사계절 축제와 다양한 행사와 프로그램은 시민 참여형으로 진행되므로, 분명 이곳은 시민친화형 보행로가 되어가고 있고, 서울 시민이 사랑하는 공간이 되어가고 있습니다. 또 주간과 전혀 다르게 변신하는 이곳은, 야간에 개장하는 놀이동산처럼 형광의 조명이 빛나는 산책 놀이의 공간이 되어버리니 이보다 더 이목을 끌 만한 공간도 없을 겁니다. 엄격하지는 않았으나 비판적 시선을 잠시 거두면, 나열한 도시공간의 새로운 경험을 제공하는 이곳이, 보행친화적 도시공간의 새 지평을 열었으니 이것저것 재지 말고 잠시 걷다 가라 손짓하는 것 같습니다.

시월의 문샤인
_____ 윤슬

감성 충만한 시월입니다. 시월 만월의 추석, 남녘으로 번져가는 단풍, 호수마저 붉게 물들고, 시절은 그야말로 배 띄워 물놀이하기에 그만입니다. 시를 좋아하는 누군가는 "한때 절망이 내 삶의 전부였던 적이 있었다" "그러나 내 사랑하는 시월의 숲은 아무런 잘못도 없다"던 기형도의 〈10월〉을 떠올리기도 하겠지요. 이 시는 어딘지 모를 젊은 시절의 암울했던 기억을 다시 끄집어내게 합니다. 이제 그 기억을 탈탈 털어 습한 기운도 먼지도 떨어버리고 싶은 계절입니다.

지나간 것들에 대한 추억이나 기억, 놓쳐버린 것들에 대한 아쉬움, 아직도 꺼지지 않은 채 남아 있는 미련, 이런 것들이 뒤범벅이 되는 날이면 감성으로 충만한 가을은 잠자던 낭만을 깨워 허공을 부유하듯 정처 없이 떠돌아다니게 합니다. 앞서 가본 서울로7017에 다시 올라봅니다. 보행로 아래로 딱 달라붙은 기찻길이 동서를 나누고, 그 옆으로 차들이 부지런히 달립니다. 더 없이 높아진 하늘 위로 느릿하게 흐르는 구름들은 예전 그 시절의 것은 아니겠지요.

앞서 이야기했듯, 1925년 세워진 경성역과 철길이 회현동과 중림동, 청파동 일대를 나눴습니다. 안산 무악에서 흘러나온 물줄기는 중림동 약현고개 아래를 돌아 염천교를 지나서 지금의 서울로7017 아래로 흘렀고, 배다리가 있던 청파와 남영을 거쳐 한강과 만났을 것입니다. 만초천이라고 잘 알려진, 덩굴이 많아 덩굴내로도 불렸던 이 물줄기는, 1967년 복개되기 시작해 이제는 찾을 수가 없습니다. 도시화가 집어삼킨 것이 이뿐이겠습니까만, 사라진 물줄기 위로 떠올랐을 달은 이제 복개되어 발굴하지 못하는 고대의 유물이 되었습니다.

그러나 서울로7017을 조성하면서 현대의 새로운 유물을 마련했습니다. 만리동으로 이어지는 길 끝에 자리한 '윤슬'입니다. 서울역에서 만리동 방향으로 걷다 보면 움푹 팬 원형의 땅에 거울 같은 보가 일정하게 놓인 특이한 조형물의 공간을 만날 수 있습니다. 만리동 공원 공공미술 작품설치 지명공모('2016

'윤슬: 서울을 비추는 만리동'

서울은 미술관)에서 '윤슬: 서울을 비추는 만리동'이 당선되어, 지름 25미터에 깊이 4미터로 움푹 들어간 공간이 탄생했습니다. 건축가 강예린·이재원·이치훈(SoA: Society of Architecture)의 작품입니다. SoA 웹사이트에 있는 '윤슬'에 관한 건축가의 설명은 다음과 같습니다.

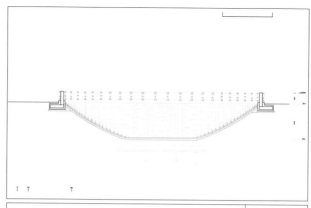

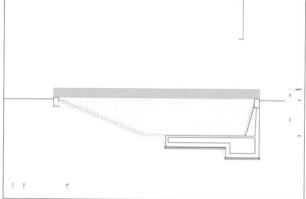

윤슬의 횡단면과 종단면　　　　　　　　　　© SoA

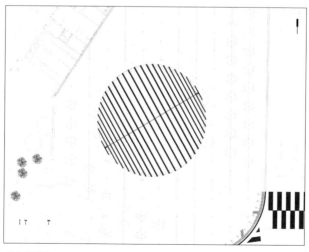

윤슬의 평면　　　　　　　　　　© SoA

'윤슬: 서울을 비추는 만리동' 프로젝트는 서울 전체에서 만리동이 가지고 있는 입지(location)적 특성을 파악해서 전체의 문화지리 혹은 문화지정하 속에서이 특징을 더 높이고자 한다. (중략) 만리동 공공미술 프로젝트는 영구 설치가 아니기 때문에, 한시적인 물리성을 남기는 '기록'이 중요하며, 이 작품과 프로그램이 만리동 환경을 어떻게 변화시키는지를 기록하는 것은 '윤슬' 프로젝트의 중요한 부분이다. "장소는 완성된 것이 아니라 부단히 만들어가는 것이며, 과정과 실천의 결과"라는 생각 아래, 작품(Art), 프로그램(Action), 기록(Archive)이 하나의 순환으로 엮여지는 장소만들기(place making)를 제안한다. '윤슬'은 도시의 창작자들의 프로그램이 수용 가능한 열린 플랫폼이자, 도시와 사람을 비추며 새로운 보행자의 시선을 증폭시켜주는 광학장치이다. (중략) 7017로 인해서 생겨나는 중요한 도시 경험은 고가를 올려다보고 도시를 조망하는 새로운 보행자의 시점이 만들어지는 것이다. '윤슬'은 만리동 뒤뜰을 오르내리는 사람들의 시각적인 도시 경험을 증폭시키는 장소로 만들려고 한다. (중략) '윤슬'은 7017 고가 공원을 걷는 보행자들의 시각적 경험이 머무는 도착지이다.

아래는 투수성 콘크리트를 붓고 상부는 스테인리스스틸(슈피미러) 루버를 놓아 그 특별함을 드러내고 있습니다. 단순히 선형의 길 위에 면으로 이뤄진 둥근 공간이어서가 아니라, 선형의

윤슬 내부로 들어가는 입구

윤슬 내부에서 바라본 입구 방향

윤슬 내부 공간

움직임을 강요하는 보행로에서 마침을 추동하여 머물기를 요청하는 공간이기에 더 특별해집니다.

2800개에 달하는 육면체의 내림 층계가 만들어낸 둥근 공간, 그 위를 가로지르는 스테인리스스틸 루버가 지면 아래와 위를 아른거리듯 빛을 산란합니다. 그래서 이곳에 들어가면 '햇빛이나 달빛에 비치어 반짝이는 잔물결'을 뜻하는 '윤슬'이라는 단어의 의미를 체험하게 됩니다. 산란된 빛이 만들어내는 잔물결이 아름답습니다. 빛의 결이 가득 담긴 웅덩이는 복잡하고 소란스러운 도심에서 조용히 침잠하는 공간으로 바뀌고, 시간은 이제 내 것이 됩니다. 우물물에 이는 잔물결처럼 빛으로 충만한 공간은 수면 위 물결의 공간이 되고, 이내 아늑히 옛날의 공간으로 시간을 되돌립니다. 덩굴내가 흐르고 그 위로 달이 떠오를 것만 같습니다. 앞에서 잠깐 얘기했듯, 이 빛의 우물은 역설적이게도 엄청난 예산과 노력을 투입한 서울로7017의 기다란 공중길을 압도합니다.

기억을 세공하는 보존, 복원, 재생 등의 작업은 창작보다 성가시고 손이 많이 갑니다. 그런 만큼 까다로우면서도 중요한 작업입니다. 낡은 것에 속박된 기억을 아름다움으로 해방시켜야 하는 일이니까요. 이럴 때 도시 경험의 지평은 더 확장되고 넓어질 수 있는 기회를 갖습니다. 어제와 내일 사이 오늘 새길 시간의 무늬는 기억의 미학이어야 합니다. 이를 망치는 것은 도시 곳곳에서 찾을 수 있습니다. 근본적으로 우리가 아름답지 않은 것들에 너무나 관대한 까닭에서 비롯된 것이라 생각합니다.

2018년 가을 새길기독사회문화원에서 후원하여 기획한 탐방 프로그램 중 한 곳인 윤슬은 모든 참가자가 가장 즐거운 시간을 보낸 장소입니다.[1] 그 공간이 특이하고 형태가 재미있으며, 그래서 모두가 감탄했습니다. 무엇보다 빛을 산란하게 하는 루버와 공간을 에워싸는 특유의 내림 층계는 단순한 듯 독특한 공간감을 발산합니다. 이 간결한 공간의 형상은 값비싼 재료와 현란한 공간구성을 자랑하는 그 어떤 기념관보다 인상 깊었고 오랫동안 잔상을 남겼습니다. 밤은 또 얼마나 아름답던지, 서울

윤슬 안에 따로 또 같이 앉은, 새길기독사회문화원 토요문화강좌 참가자들

밤의 윤슬

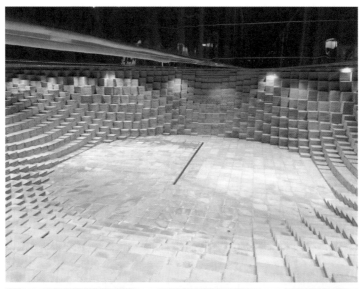

밤에 본 윤슬 내부와 루버 아래 조명과 층계

도심에 옛날 옛적의 달이 떴습니다.

관찰자의 시선에도 중요하거니와 시공간을 넘나들며 감각적으로 체험할 수 있도록 하는 공간의 형태도 아름다움을 결정짓는 중요한 요소입니다. 이런 점에서 윤슬은 참 괜찮은 공간이고 착한 공간이며 아름다운 공간입니다. 태양이 바다에 미감을 드리우는 낭만 충만한 장면을 연출하기보다는, 아늑한 옛날 흐릿하고 아른거리는 이미지로 과거 한 장면을 연상하게 하는 감성 충만한 공간을 만들었기 때문입니다.

밤은 낮과 또 다른 이미지와 분위기를 방출합니다. 우물에 뜬 달빛 같기도 하고 흐르는 냇물 위에 찰랑이는 달빛 같기도 합니다. 루버에 설치된 조명은 바닥을 비추고 공간 전체로 퍼져 은은한 불빛의 아늑한 공간감을 더합니다. 이 따뜻한 빛은 부드러운 살갗을 감싸며 또 다른 회상의 시간을 불러옵니다. 달빛 반짝이는 잔물결이 넘실거리는 윤슬에서, 고백하지 못한 외사랑의 기억과 미련이 가을밤 잔잔히 낭만에 취해 감성에 젖은 머릿속을 온통 헤집어놓습니다. 시월의 윤슬은 낭만적이지만은 않은 것 같습니다. 순박하기만 했던 청춘이 하지 못한 일은, 청춘이 지나고서도 하지 못했으니, 한숨을 부르는 시린 인생의 순간과 맞닥뜨리게까지 합니다.

서소문 밖 행형지의 변신
_____ 서소문역사공원과 서소문성지 역사박물관

명하여 서소문을 고쳐 짓도록 하고, 석장인 중의 머리를 베어 그 위에 매달아 그 나머지 사람들을 경계하였다.

_《태조실록 5권》, 태조 3년(1394) 2월 15일 을유

예조에서 아뢰기를 (중략) "빌건대, 예전 제도에 의하여 서소문 밖 성밑 10리 양천 지방, 예전 공암 북쪽으로 다시 장소를 정하소서" 하니, 그대로 따랐다.

_《태종실록 32권》, 태종 16년(1416) 7월 17일 병오

서소문성지 역사박물관 하늘광장과, 정현의 '서 있는 사람들'

실록에서 언급하는 이곳은 지금의 서소문역사공원과 서소문 성지 역사박물관 자리입니다. 현재의 시설과 공간으로 거듭나기 전에는, 순교한 천주교인을 기리는 현양탑과 산책로가 있는 서소문공원이었습니다. 조선 시대 '서소문 밖 행형지' 중 대표적인 장소였던 이곳에서는 참형뿐만 아니라, 목을 베어 높은 곳에 매달아 내보이는 '효수경중'도 이루어졌습니다. 17~18세기 죄인의 목이 효수된 기록들이 있는데, 특히 신유박해(1801), 기묘박해(1819), 기해박해(1839), 병인박해(1866) 때 많은 천주교인이 이곳에서 순교합니다. 전주에서 참형(1895)된 동학농민운동 접주, 김개남의 목이 효수된 곳도 이곳입니다.[1]

영국 출신의 작가이자 지리학자 비숍^{Isabella Bird Bishop} 그리고 프랑스 신부 달레^{Claude Charles Dallet}는 효수경중과 참형의 현장을 각각 이렇게 묘사하고 있습니다.[2]

마치 야영장에서 쓰는 주전자 대처럼 나무기둥 세 개로 얼기설기 받쳐놓은 구조물에, 다른 사람의 머리 하나가 그 아래로 늘어뜨려져 매달려 있었다. (중략) 그리 멀지 않은 곳에도 같은 구조물들이 많이 세워져 있었다. 그것들이 무게를 지탱할 수가 없어 무너지게 되면 먼지 수북한 길바닥에 그냥 나뒹굴도록 내버려져 개들이 몰려와 물어뜯기에 안성맞춤이 되었다.

정한 시간에 한가운데에 높이 여섯 자나 여섯 자 가웃 되는 십자가를 세운 수레를 감옥 앞에 끌고 온다. 사형집행인이 감방에 들어가 죄수를 어깨에 메어다가 양팔과 머리칼을 십자가에 잡아매고 발은 발판 위에 올려놓는다. 호송대가 매우 가파른 비탈이 시작되는 서소문에 이르렀을 때 사형집행인이 발판을 탁 빼내고 우차군이 소를 채찍질하면 소는 내리막길을 마구 달린다. 길은 울퉁불퉁하고 돌이 많으므로 수레는 무섭게 흔들리고 수형자는 머리칼과 팔만으로 매달려 있으므로 좌우로 급격히 흔들려 심한 고통을 받게 된다. 형장에 이르면, 옷을 벗기고 사형집행인들은 그를 꿇어앉히고 그의 턱 밑에 나무토막을 받쳐놓고 목을 자른다.

이곳은 서울 충청로역에서 5분 거리에 위치합니다. 서소문 공원 북쪽으로 서소문고가차도가 동서를 잇고, 오른편으로 붉은 대리석으로 된 옛 중앙일보 빌딩이 보입니다. 둘 사이 경사진 옆길 인도에 서소문 터 표시석이 세워져 있습니다. 반대편으로는 마치 공원이 자기 앞마당의 정원인 양 주인 행세를 하는 브라운스톤 아파트가 서 있고, 머리를 왼쪽 대각선으로 돌리면 염천교가 있습니다. 그 옆으로 이제 점포가 몇 남지 않은 수제화거리가 있습니다. 염천교에서 수제화거리를 지나면 언덕 하나가 나오는데, 과거 약현동산이라고 불렀던 약현언덕입니다. 그 위에 약현성당이 서 있습니다.

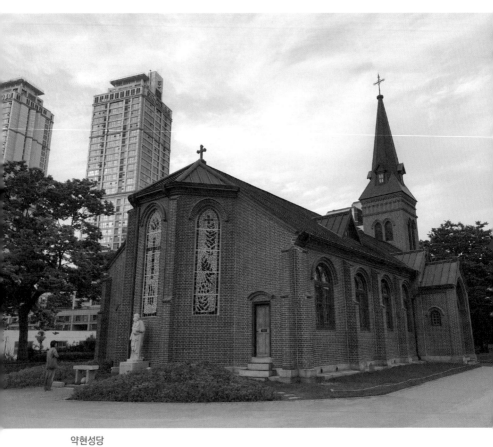

약현성당

서소문 순교 현장이 내려다보이는 곳에 위치한 약현성당은, 순교한 천주교인의 명복을 빌었던 한국 최초의 성당입니다. 1892년에 건립되어 사적 제252호로 지정되었습니다. 이 성당을 설계한 코스트 신부가 몇 해 뒤에 명동성당도 설계했습니다. 로마네스크 양식과 고딕 양식의 절충으로 지어진 약현성당은, 명동성당과 다르게 친근하고 포근하며 아늑한 분위기를 느낄 수 있습니다.

이제 서소문 밖 행형지가 어떻게 서소문성지 역사박물관으로 바뀌었는지 살펴보겠습니다. 1973년 공원으로 지정된 이곳은 조선 후기 많은 천주교인이 순교한 이유로 1984년에 순교자를 기리는 현양탑이 세워지고, 1997년 공원이 새로 단장되면서 1999년 현재의 현양탑이 세워집니다. 2000년대 이후 서서히 천주교에서 순교 성지화하는 움직임이 있었고, 이로 인해 타종교 및 역사학계 등에서 논쟁이 일었습니다. 2014년 2월 '서소문밖 역사유적지 설계경기'가 진행되었고, 8월에는 교황 프란치스코가 이곳을 참배하기도 했습니다. 2014년 당선된 설계안 'EN-CITY_ENGRAVING the PARK'(인터커드·보이드아키텍트·레스건축 컨소시엄)에 따라 2019년 지금의 서소문성지 역사박물관으로 건립되어 새로운 모습의 공원으로 바뀌었습니다. 그러나 현양탑은 그대로입니다.

약현성당으로 옮겨진 이전의 현양탑

　먼저 현양탑부터 보겠습니다. 1984년 처음 세워진 현양탑은 1999년 현재의 현양탑이 세워지면서 약현성당 바로 아래 기도 동산, 사색의 공간 중간으로 옮겨졌습니다. 현재의 현양탑에는 많은 의미가 부여되어 있습니다만, 중요한 부분만 짧게 언급하면 다음과 같습니다. 현양탑은 가운데 주탑과 좌우 대칭의 두 개의 탑으로 되어 있는데, 조선 시대 죄인의 목에 씌운 칼의 형틀을 형상화하고 있습니다. 원형 틀에서 7대 성사를 상징하는

1999년에 세워진 지금의 현양탑

일곱 개의 금빛 선이 흘러내립니다. 가운데 주탑에는 십자가에서 내려지는 예수의 형상이 새겨져 있고, 오른쪽 탑에는 27위 복자와 30위 순교자의 이름이, 왼쪽 탑에는 순교한 44위 성인의 이름이 새겨져 있습니다. 이름 없이 순교한 무명의 순교자들을 의미하는 조약돌이 원형 분수에 가득합니다. 탑 뒤쪽 예수와 나사로의 모습을 확인하는 것도 잊지 말아야 합니다. 순교자의 부활을 의미하는 것이니까요.

서소문성지 역사박물관 지상의 서소문역사공원

2019년 현양탑 옆 지상에는 넓은 공원이, 지하에는 서소문 성지 역사박물관이 들어서면서 이곳은 서울의 새로운 명소로 자리 잡았습니다. 이전에는 현양탑 주변을 제외하고 산책로 일대가 정리되지 않은 듯했으나, 새롭게 만들어진 공간은 국내에서 보기 드문 조형성과 공간구성 등을 통해 훌륭한 도시의 공간과 건축물로 시민에게 찾아왔습니다.

지상 공원은 널찍한 산책 공간에 여기저기 벤치를 두어 휴식과 소통의 공간을 제공하고 있습니다만, 그중 한 벤치는 누군가 누워 있어서 방문객이 앉을 수 없습니다. 언뜻 보기에 노숙인으로 보입니다. 그래서 우리를 불편하게 만드는데, 실은 예수입니다. 못 박혔던 발등의 선명한 상처가 그를 가리킵니다. 예수를 노숙인으로 만나기는 처음입니다. 낯설기도 하고 불경스럽기도 합니다. 이 '노숙인 예수Homeless Jesus'는 어느 성당 앞에 설치되어 신성모독의 논란까지 일으킨 캐나다 조각가 티모시 슈말츠Timothy P. Schmalz의 조각입니다. 프란치스코 교황이 바티칸 인근에서 얼어 죽은 노숙인을 기리기 위해 그의 작품에 직접 축복하고 교황청에 설치하였지요. 이어 여러 나라에 설치되어 현재 우리에게까지 영감을 주고 있습니다. 이제 모든 노숙인은 예수가 될 것만 같습니다.

"너희가 여기 내 형제 가운데 지극히 보잘것없는 사람 하나에게 한

티모시 슈말츠의 '노숙인 예수'

'노숙인 예수'의 얼굴과 못 박힌 상흔의 발

지상 공원의 제단과 '노숙인 예수', 그리고 실제 노숙인

것이 곧 내게 한 것이다." _《마태복음》 25장 40절

서소문역사공원을 찾은 날, 제단 너머에 실제 노숙인이 있었던 것은 우연이 아니었을 것만 같습니다. 잠깐이지만, 박물관과 함께 노숙인을 위한 공간이 만들어졌으면 어땠을까 하는 생각이 스쳤습니다.

지하 박물관은 자동차를 이용하여 지하 주차장을 통해 들어가거나, 공원 한가운데와 연결된 계단과 엘리베이터, 그리고 염천교 방면의 경사로 진입로를 통해 걸어서 접근할 수 있습니다.

염천교 방향 주출입구

지상 공원에서 지하 박물관을 잇는 계단과, 조완희·조준재의 '서소문 밖 연대기'

염천교 방향 주출입구 안쪽에서 본 경사로

입구 공간에 세워진 이경순의 '순교자의 칼'

지상의 두 접근 통로는 공원이 정갈하게 디자인된 것처럼, 꽤 근사한 공간으로 만들어졌습니다.

공원은 서소문고가차도 방면, 브라운스톤 방면, 염천교 방면에서 진입이 가능합니다만, 지하 박물관의 주출입구 통로는 염천교 방면의 긴 경사로입니다. 이 경사로를 따라 내려가면 벽돌로 에워싼 지하 2층 깊이의 진입 공간으로 들어섭니다. 이곳은 앞으로 보게 될 근사한 공간을 암시하고 있습니다. 이 공간 한편에 자리한, 죄인의 목을 옥죄었던 칼을 형상화한 '순교자의 칼'이 인상적입니다.

내부로 진입하면 어떤 곳을 찍어도 예술이 되는 멋진 공간을 만납니다. 뮤지엄숍, 작지 않은 도서관, 심포지엄 공간인 명례방, 순례자의 길을 지나 지하로 내려가면, 성 정하상 기념경당, 기획전시실, 소강당이 있고, 한 층 더 내려가면 상설전시관 '오래된 미래'를 만납니다. 조선 후기 천주교, 서학, 동학 등 다양한 종교와 사상을 만날 수 있습니다.

상설전시관을 지나면, 조선 시대 목숨을 잃은 이를 위로하고 오늘을 사는 시민에게 위안과 평화의 공간을 제공하는 '콘솔레이션 홀'을 만납니다. 이곳에는 순교한 성인 다섯 분의 유해가 자연광 아래 모셔져 있습니다.

돌아서면 하늘이 낮은 하늘광장이 있습니다. 하늘광장을 둘

지하 3층 상설전시관 '오래된 미래'

김기희의 '103위 성인을 위무함'(벽)과, 최지만의 '순교자의 무덤'(바닥)

지하 3층에 마련된 위로의 공간 '콘솔레이션 홀'

배형경의 '암시'

하늘광장

러싼 전시 공간인 하늘길도 근사합니다만, 그 어떤 미사여구의
도움을 받더라도 형상이 가지고 있는 아름다움을 표현해 내지
못하는 경우가 있는데, 하늘광장이 그렇습니다. 서소문성지 역
사박물관의 가장 본질의 공간, 그 정수를 보여주는 공간입니
다. 하늘광장이라고 이름하여 신의 공간처럼 신비스러운 공간
일 것 같지만, 실은 땅의 공간, 땅 위를 살다 간 사람의 공간입
니다. 구체적으로 말하자면 순교한 이들을 기리는 공간이지요.

정현의 '서 있는 사람들'

이곳 하늘광장에 서 있는 순교자는 하늘에 있는 것과 진배없겠
지요. 코로나19의 역병이 진정되면 다시 한번, 가장 먼저 찾고
싶은 공간입니다.

매일이 3·1절
_____ 안국역

독립문이 열립니다. 내려선 전철역은 서울지하철 3호선 안국역입니다. 승강장 안, 하얀 기둥의 의자가 눈에 띕니다. 청색으로 가득한 계단을 올라 4번 출구에 다다르니 '대한민국 임시정부'가 선명하게 적힌 '100년 하늘문'이 보입니다. 대한민국 임시정부 청사의 대문이 파란 하늘에 하얀 구름, 플라타너스 나무 문양 바탕 위에 선명합니다.

3·1독립운동과 임시정부 수립 100주년을 기념하기 위해 2018년 9월 18일 '독립운동 테마 역'으로 거듭난 안국역은 '3·1운동 100년 역'이란 별칭을 갖게 되었습니다. 스테인리스스틸

안국역 4번 출구 '100년 하늘문'

경복궁역 방향 승강장 스크린도어의 안중근과 그의 어록

종로3가역 방향 승강장 스크린도어의 김구와 그의 어록

입간판은 3·1운동역이자 대한민국 임시정부역이고 독립운동의 의의를 전하는 역이라 설명하고 있습니다.

이곳은 3·1운동의 중심지였던 서북학회, 태화관, 독립선언서 배부 터, 인사동, 탑골공원, 북촌 등의 길목이고, 인근에는 손병희, 여운형 선생 등 독립운동가의 집터가 있습니다. 독립운동의 파편적 기억을 더듬어 보기에도 좋은 곳이지요.

다시, 승강장에 내리기 직전의 지하철 객차 내로 돌아가 보겠습니다. 3호선을 타고 안국역에 도착하면 스크린도어, '100년 인물문'이 열립니다. 발을 내디딘 '100년 승강장' 안은 독립운동의 분위기로 가득합니다. 경복궁역 방향 승강장 스크린도어엔 3·1운동 당시 독립운동가들의 얼굴과 어록이, 종로3가역 방향 승강장 스크린도어엔 임시정부 요원들의 얼굴과 어록이 새겨져 있습니다. 우리에게 잘 알려진 독립운동가의 얼굴을 보는 것만으로도 가슴이 벅찹니다. 또한 3대 총독 사이토 마코토에게 폭탄을 던졌던 왈우 강우규와 그의 사세시도 만날 수 있습니다. 서울역 앞에서 만났던 그를 여기서 또 보다니 반갑기 이를 데 없습니다.

아직 놀라기는 이릅니다. 내려선 승강장에는 독립운동가의 이름이 가득 새겨진 여덟 개의 하얀 기둥, '100년 걸상'이 기다리고 있으니까요. 그중 하나는 우리에게 잘 알려지지 않은 여성 독립운동가들을 호명하고 있습니다. 그 걸상 기둥의 한쪽 면에

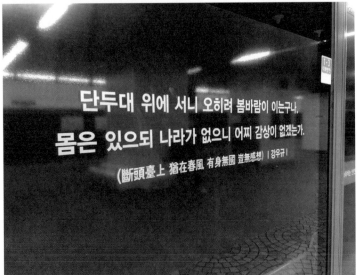

단두대 위에 서니 오히려 봄바람이 이는구나.
몸은 있으되 나라가 없으니 어찌 감상이 없겠는가.

〈斷頭臺上 猶在春風 有身無國 豈無感想〉| 강우규 |

왈우 강우규와 그의 사세시

는 "기생들이 일어섰다. 이 세상에서 가장 큰 노래와 춤은 만세! 만세! 만세 행진이다", 다른 면에는 "항일 투쟁에 생애를 바친 숱한 여성들의 잊힌 이름을 되찾기 위하여 빈자리를 남겨놓습니다"라는 문구가 쓰여 있습니다. 여성 독립유공자 비율이 2022년 기준 3.28퍼센트로 낮은 수치인 것을 고려하면, 여성 독립운동가들의 행적을 발굴하고 널리 알리는 작업에 더욱 힘써야 하리라 생각됩니다.

한 층을 오르면 '100년 계단'을 만납니다. 범상치 않은 짙은

여성 독립운동가들의 이름이 적힌 100년 걸상

기생들이 일어섰다. 이 세상에서 가장 큰 노래와 춤은 만세! 만세! 만세 행진이다

100년 걸상

청색이 한쪽 벽을 가득 메웠습니다. 거기에는 100년 계단에 대한 설명과 함께 한자와 한글이 섞인 '기미독립선언서'가 빼곡히 적혀 있습니다. 계단을 오르려니 첫 단 바닥에 3·1절의 연월일을 큼지막하게 적은 "19190301"이 눈에 띕니다. 좀 전에 본 '100년 계단'의 설명문을 다시 봅니다. 거기에는 이렇게 적혀 있습니다.

> 19190301·20190301을 27개 계단으로 잇고 있는 100년 계단은 기미독립선언서를 오늘날 한글로 풀어쓴 선언서(한글학자 이희승 풀이)에 나오는 자음과 모음이 푸른 벽과 하늘로 올라가 빛을 발하고 있는 형상입니다. 이 '청색 계단'은 기념공간과 일상공간을 따로 분리하지 않고 하나로 엮고 있습니다.

기미독립선언서 글자꼴은 승강장에서 '100년 계단'을 암시하는 청색 벽이 시작되는 곳에 자그맣게 붙어 있습니다. 거기에는 다음과 같이 적혀 있습니다.

> 여기 새긴 선언서 글자꼴은 판본체를 바탕으로 · (아래 아)를 모음으로 사용하였고, 자음에 곡선을 더하였습니다. 판본체는 훈민정음, 용비어천가 판본에 사용한 글자를 붓글씨로 쓴 글자꼴입니다. 네모 형태로 좌우가 대칭을 이루는 기하학적 구성이 두드러집니다. 100

100년 계단 옆 벽에 적힌 기미독립선언서 원문

IOO년 계단

19190301·20190301을 27개 계단으로 잇고 있는 IOO년 계단은
기미독립선언서를 오늘날 한글로 돌어쓴 선언서(한글학자 이희승 풀이)에 나오는
자음과 모음이 푸른 벽과 하늘로 올라가 빛을 발하고 있는 형상입니다. 이 '청색
계단'은 기념공간과 일상공간을 따로 분리하지 않고 하나로 엮고 있습니다.

The 100-Year Stairway connects two important dates for Korea's
Declaration of Independence: March 1, 1919 and March 1, 2019.
This symbolic structure is made up of 27 stairs, composed
of consonants and vowels found in the new version of the
Declaration of Independence, which was revised in contemporary
Korean style of language by linguist Lee Hee Seung, in celebration
of the declaration's centennial. Note that the consonants and
vowels rise up a blue wall, heading into the sky and emitting light
as they do so. With a sense of effortlessness, the blue staircase
embodies both everyday space and memorial space.

100년 계단 설명문과 기미독립선언서 글자꼴 안내

3·1운동의 시작일을 표시한 "19190301"

3·1운동 100주년을 표시한 "20190301"

년 계단은 3·1운동 100주년을 기념탑 형식이 아닌 계단으로 형상화한 것입니다.

100년 계단은 첫 단에 적힌 "19190301"에서 시작하여 마지막 단에 적힌 "20190301"로 끝납니다. 계단 양옆 벽은 기미독립선언서의 기하학적 글자꼴이 새겨진 타일들이 가득 메우고 있습니다. 선언서의 글자꼴대로 조각된 듯한 타일은 마치 아름다운 판화나 부조를 보는 것 같습니다.

100년 계단을 걸어 올라선 층에선 우리 헌법의 역사를 담은 '100년 헌법', 독립운동사를 강물로 구성한 '100년 강물'을 만납

100년 헌법

100년 강물

3·1운동 청색지도

니다. 그리고 '100년 헌법'과 연결된 '3·1운동 청색지도'를 볼 수 있습니다. 여기서 안국역 승강장에 표현된 상징적인 도형들의 의미와 3·1운동 시기 핵심 거점을 지도로 확인할 수 있습니다.

이제 독립운동의 역사와 접속하여 휴대용 전자기기를 충전할 수 있는 '100년 충전소'와 마주합니다. 이곳에는 28개의 플러그가 있는데, 충전하는 순간 격렬했던 독립운동의 한 장면이 소환될 것 같기도 하고, 독립운동의 피를 수혈받는 듯 묘한 기분이 들 것 같기도 합니다. 바로 뒤쪽에는 전국 팔도, 삼천리 방방곡곡 독립운동가들의 얼굴을 차곡차곡 쌓아 만든 팔각형의 미디어 기둥, '100년 기둥'이 있습니다. 아래에서 위로 네 번째 정중앙에는 유관순 열사가 자리해 있습니다.

100년 충전소

100년 기둥

마지막으로 4번 출구로 오릅니다. 유리 천장에 새겨진 '100년 하늘문'이 눈부십니다. 대한민국 임시정부 상하이 청사 대문 모양에서 따왔습니다. 이곳을 지나는 일은 임시정부의 문을 여는 일과 같다는 의미를 부여하고 있습니다. 흥미롭게도 이 디자인은 운현궁 용마루와 같은 높이에서 삼일대로로 뻗고, 운현궁 귀마루의 움직임으로 북촌을 향하게 하여 주변 일대 독립운동의 핵심 거점들과 무관하지 않고 연계하게끔 만들고 있습니다. 무엇이든 빠르게 변하고 희미해지고 사라져 없어지기 쉬운 우리 시대에 독립운동의 역사적 사건들이 지척에서 발생했음을 암시하고, 또 발걸음을 유도하는 확장성을 내포하고 있습니다.

안국역은 우리 시대 기억공간이 어떠해야 하는지 잘 보여줍니다. 기억은 시간에 묶여 있는 것이기에, 시간이 되돌아오지 않는 것처럼 우리 곁에 붙잡아 둘 수 없습니다. 기억을 지속시키는 것은 공간의 힘에 의해 가능해집니다. 공간 한가운데 묶어둔 기억은 그곳에 단단히 뿌리를 내리고 계속해서 자라게 됩니다. 3·1운동과 임시정부 수립 100주년을 기념하기 위해 '100년 기둥' '100년 하늘문' '100년 승강장' 등으로 구성한 독립운동 테마 역 안국역은, 일상 공간에서 독립운동 역사와 독립운동가, 대한민국 임시정부 요원을 만나는 역사의 정거장입니다. 이곳은 고통스러웠던 우리의 근대사와 독립운동사의 장면을 일상의 궤적 속으로 가져와, 일상적 삶의 공간에 묶고 우리 곁에 생생히 붙잡아 단단히 뿌리내리도록 하고 있습니다.

왔던 길을 되돌립니다. 대한민국 임시정부 청사를 표현한 '100년 하늘문', 100년을 창조해 낸 인물들을 100초 동안에 만날 수 있는 '100년 기둥', 100년 역사와 접속하여 휴대용 전자기기를 충전할 수 있는 '100년 충전소', 100년 역사의 흐름을 강물로 표현한 '100년 강물', 우리 헌법 100년사를 한눈에 볼 수 있는 '100년 헌법'을 지나, 2019년 3·1독립운동 100주년 기념일에서 1919년 3·1독립운동으로 거슬러 가는 '100년 계단'을 내려갑니다. 그러면 독립운동가들의 이름이 아로새겨진 '100년 걸상'이 나타나고, 승강장에 전철이 들어오면 독립운동가의 얼굴과 어록이 새겨진 스크린도어 '100년 인물문'이 눈부시게 빛납니다. 잠시 '100년 걸상'에 앉아, 온통 독립으로 가득한 승강장의 공간을 관조합니다.

경험해 보셨는지 모르겠습니다. 경복궁역 방향으로 가는 전철을 타려고 하면 3·1운동과 독립운동 관련 인물을, 종로3가역 방향으로 가는 전철을 타려고 하면 대한민국 임시정부의 인물을 만날 수 있습니다. 임시정부 요원과 독립운동가의 얼굴과 어록이 붙은 '100년 인물문'이 열리면 자기도 모르는 새에 위대한 인물과 함께 독립열차에 탑승하게 되니, 바로 오늘이 3.1절이 되고, 대한민국 임시정부 수립 기념일이 됩니다.

건축의 공간과 공간 공동체
_____ 경주타워

건축은 건물의 내부와 주변의 관계 사이에서 정의되는 공간적인 존재를 만들어냅니다. 그것은 시각적이고 기능적이며 감각적으로 공간을 정의합니다. 구체적인 재료의 형태와 함께 건축물의 안팎으로 우리에게 공간(실내와 실외)을 제공하는 것이 그것의 소임입니다. 대체로 우리가 건축에 대해 갖는 오해 중 하나는, 건축이 공간을 둘러싸는 표면을 만드는 것이라는 생각입니다. 건축의 내용물은 '공간'임에도 그것을 둘러싸는 '표면'에 집중하는 데서 비롯한 오해인데요, 어쩌면 너무나 당연한 인식일 수 있습니다. 공간은 고체 상태의 물질 형태인 바닥이나 벽

황룡사 9층 목탑을 쏙 빼낸 디자인의 '경주타워'

그리고 천장 등의 재료에 의해 둘러싸여 인지되는 수동적인 대상물이기도 하니까요.

건축의 내용물은, 그러한 고체 상태의 재료들을 이용하여 만들어내는 기체 상태의 체적인 '공간'입니다. 건축은 재료를 통해 공간을 형태화하는 것이고 이는 다른 예술들이 할 수 없는, 오직 건축만이 가능한 일입니다. 이런 점에서 건축은 공간을 독점한다 말할 수 있습니다. 그래서 건축가라면 누구나 '어떠한 재료를 통해 공간을 구현할까' 하는 게 가장 기본적인 고민입니다. 그런데 낮은 수준의 건축가는 수단인 재료에 좀 더 관심을 두는 데 비해, 보다 높은 수준의 건축가는 수단보다는 목적, 곧 재료보다는 '공간' 그 자체에 더 관심을 두기 마련입니다.

일반적으로 대상에 대한 인식은 시각에 의존하는 경우가 많습니다. 손쉽게 그것의 형태를 파악하고 그것이 풍기는 감각적 요소를 인식하게 되는데, 공간은 쉽게 파악하기 어렵습니다. 물리적 측면에서 우리의 시각은 상대적으로 느슨한 관계로 구성된 물질의 전체적인 공간을 지나, 그 관계가 촘촘하고 물리적 힘과 에너지가 집중되어 있는 건물 덩어리를 구성하는 재료의 표면에 닿기 때문입니다.

공간은 힘과 에너지가 집중된 물질에 대응하는 관계로 존재합니다. 이는 흔히 비시각적 기체 상태인 것이지요. 따라서 건축의 공간은 고체 상태의 물질들, 곧 구체적인 재료에 의해 수

아래서 올려다본 경주타워의 음각면 내부

동적으로 만들어진 것입니다. 불에 타 사라지고 없는 황룡사 9 층 목탑을 쏙 빼낸 형태로 만들어진 경주타워는 그것이 차지한 공간의 영역을 알 수 있게 하는데, 이는 그 탑을 둘러싼 재료에 의해 수동적으로 만들어진 것입니다.

경주타워는 2004년 (재)문화엑스포의 '경주세계문화엑스포 상징 건축물 설계공모전'을 거쳐, 2007년 경주세계문화엑스포 공원 안에 세워졌습니다. 백제의 뛰어난 건축가 아비지가 세운 황룡사 9층 목탑을 모티브로 하여 간결하게 음각한 경주타워는, 높이 82미터 직육면체 건물에 신라의 역사와 문화를 상징적으로 담고자 했습니다. 재료 면에서 볼 때, 당시 실크로드를 통해 신라에 들어온 로만글라스를 드러내고자 선택한 철골 구조 위 유리 마감이 인상적입니다. 이렇게 형성된 황룡사 9층 목탑의 실루엣은, 그 원형이 어떠했는지는 둘째로 하더라도 여러 가지 상상력을 불러일으키기 충분합니다. 결국 원형과 전혀 다른, 상반된 감상을 주면서 원형을 떠올리게 만듭니다.

그러나 경주타워는 디자인 저작권 논란을 남겼습니다.[1] 간략히 정리하면 다음과 같습니다. '천년의 빛'을 제안하여 1등으로 당선된 건축사사무소동남아태는 경주타워를 설계했습니다. 그런데 그 결과물이, 재일교포 건축가 이타미 준(유동룡)이 창조종합건축사무소와 공동으로 제출하여 2등 우수작으로 선정된 설계안 '신라 불탑(佛塔)의 실루엣을 유리 빌딩에 투각(透刻)하듯 집어넣은 작품'과 유사하여 준공 후 저작권법 위반 소송이 벌어집니다. 뒤늦게 사실을 인지한 이타미 준 측(아이티엠유이화건축사사무소)이 경주세계문화엑스포 재단법인을 상대로 저작권법 위반 형사소송을 제기한 것이지요.

그러나 이타미 준 측은 이 형사소송에서는 패소했고, 민사로 손해배상 청구 소송을 제기하여 2011년 7월 대법원에서 원고 승소 판결이 나면서 저작권을 인정받았습니다. 민사소송 진행

이타미 준의 저작권을 알리던 이전의 표시석

새로 설치한 표시석과 현판

과정에서 '우수상 수상작에서 아이디어를 가져온 것이니 법률 자문을 받으라'는 건축주의 지시가 발견되면서 전세가 역전된 것입니다. 안타깝게도 이타미 준은 대법원 판결이 나기 한 달 전에 74세를 일기로 운명했습니다. 그리고 이듬해인 2012년, 이타미 준이 저작권자임을 명시한 표시석이 경주타워 우측 바닥에 설치되었습니다.

이 석판은 시간이 지나면서 닳아서 내용을 식별하기 어려워졌습니다. 이에 이타미 준의 유가족이 2019년 9월에 성명 표시 재설치 소송을 제기하고, 경북도지사가 저작권 인정과 적극적인 수정 조치 등을 지시하면서 소송은 취하되었습니다. 새 현판은 2020년 2월 17일에 설치되었습니다. 그리고 이전의 석판은 철거되어 지금은 볼 수 없습니다. 새 현판에는 이타미 준에 관해 다음과 같이 기술되어 있었습니다.

> 재일한국인 건축가로 1937년 도쿄에서 태어나 1968년 무사시 공업대학(현 도쿄도시대학) 건축학과를 졸업. 2005년 프랑스 예술문화훈장 '슈발리에', 2010년 무라노 도고상 등을 수상하였다. 국내에는 그가 설계한 제주핀크스골프클럽 클럽하우스, 수풍석미술관, 방주교회, 온양미술관 등이 남아 있다. 건축가로서의 그의 삶을 다룬 다큐영화('이타미 준의 바다', 2019 개봉)가 만들어져 상영되기도 했다.
> 경주엑스포공원의 상징이자 경주의 랜드마크인 경주타워의 저작권

은 재일한국인 건축가 유동룡 선생에게 있다. 생전 경주를 자주 방문하면서 신라의 전통문화를 사랑한 유동룡 선생은 지난 2004년 경주세계문화엑스포의 경주타워 설계공모전에서 신라 건축문화의 상징인 신라 불탑을 유리 탑에 음각으로 투영해 음양을 조화시킨 작품으로 우수상을 받았다.

유동룡 선생은 설계디자인을 통해, 완성된 건물이 전망대로서 주변의 경관을 조망할 수 있을 뿐 아니라, 주변에서 바라볼 때 음각된 빈 공간을 통해 신라 건축문화의 상징이 느껴지도록 하는 등 현대건축을 통하여 지금은 사라진 신라 불탑을 환원하려는 시도를 하였다.

2004년 공모전 당시 이타미 준의 디자인안   ⓒ 아이티엠유이화건축사사무소

이타미 준이 환원하려고 시도했던 사라진 불탑의 원형은 강
(북천) 건너 중도타워를 통해 가늠해 볼 수 있습니다.[2] 중도타워
는 황룡사 9층 목탑을 모티브로 하여 지어졌습니다. 경주타워
는 그것의 실체를 정확하게 복원하지 않음으로써 고고학적 가
치와 역사, 문화, 전통의 가치를 복원하는 것과는 다른 결의 기
억을 우리 시대에 맞게 감각적 수단으로 끄집어낸 좋은 예로 들
수 있겠습니다. 황룡사지에는 황룡사 9층 목탑의 웅장하고 아
름다운 자태를 상상해 볼 수 있는 기초석이 남아 있습니다. 가
까이에 위치한 경주황룡사역사문화관에는 한국전통문화대학
에서 10분의 1 크기로 복원한 황룡사 9층 목탑의 모형이 있습

경주타워(왼쪽)와 중도타워

경주황룡역사문화관에 전시된 황룡사 9층 목탑 1/10 모형

경주황룡사역사문화관에 전시된 김영택의 황룡사 9층 목탑 그림

니다. 원형을 추정하여 복원하고자 한 여러 안과 최종 결정된 황룡사 9층 목탑도 이곳에서 감상할 수 있습니다.

앞서 언급한 것처럼 공간을 대상화하기란 쉽지 않습니다. 대상화할 수 있는지 없는지의 문제는 그것을 인식할 수 있는지 없는지의 문제로 이어집니다. 공간은 대상화할 수 있는 것이 아니므로 시각적으로 인식하기 어렵습니다. 쉽게 말하자면, 대상

황룡사지에 남아 있는 9층 목탑의 기초석

은 우리 밖의 존재이므로 우리의 감각기관으로 그것을 감지할 수 있을 때에 인식하게 되는데, 우리는 보통 시각에 의존을 하고 있는 터라 공간을 대상으로 인식하지는 못합니다. 물론 더 큰 문제는 우리가 공간 안에 존재하고 있기 때문에 원천적으로 대상화가 불가능하다는 점입니다. 그것을 인식하기 위해서는, 수영장의 물속에서 나와 수영장의 물을 봐야 하는 것처럼, 공간에서 나와 그 공간을 바라봐야 합니다. 이럴 경우에 공간은 대상화될 수 있습니다. 하지만 평소에는 보기 힘든 공간을 최근처럼 미세먼지나 매연이 많은 날이라면, 혹은 화재라도 나서 방안 가득 연기가 찰 때면, 우리는 촉각적으로뿐만 아니라 시각적으로도 인지할 수 있게 됩니다. 또한 시각적인 물질들을 넘어 비시각적인 독감 바이러스, 사스와 메르스 그리고 코로나19를 겪으면서, 우리는 보다 더 직접적이고 직감적으로 그것을 인지하게 되었습니다.

그러고 보면 우리가 거주하는 모든 곳은 내부 공간입니다. 그것이 실내이건 실외이건 관계없이 우리는 늘 그러한 공간 안에 존재합니다. 대상화하기 위해 한 공간에서 벗어나 다른 공간으로 이동하면 이미 다른 공간 안에 있기 때문입니다.

자연이라는 거대한 손에 의해 만들어진 넓은 대지 위에 건축의 작은 손으로 만든 우리 주위의 이러한 공간들은, '게슈탈트' 이론으로 불리는 형태지각이론에서 보자면 전경과 후경의 관

경주타워의 야경

계(figure-ground relationship)로 명확하게 파악할 수 있습니다. 물론 비어 있는 형태는 차 있는 형태의 반전을 통해 인지할 수 있지만, 순서상 차 있는 형태부터 먼저 인지하게 되지요. 그리고 벽에 걸린 그림이나 넓은 초원의 소 떼와 같이 먼저 눈에 띄거나 나중에 들어오거나 하는 것처럼, 우리는 전체적인 형태를 인식하면서 그러한 대상들에 대한 구분과 전후 관계를 파악하게 됩니다.

요컨대, 전경은 후경을 통해서 그 존재를 명확히 드러내면서 자신의 자리를 확정 짓게 되고, 동시에 후경은 전경이 정의되면서 자연스럽게 전경의 풍경으로 자리하게 됩니다. 실내에서는 공간을 만들어내는 바닥이나 벽, 테이블이나 장식품, 전등이나 천장 등 전경으로서 수많은 대상들이 눈에 먼저 띄고, 이러한 것들을 통해 수동적으로 실내 공간을 감지하게 됩니다. 실외, 또는 도시의 공간, 곧 시내 역시 마찬가지입니다. 건물의 출입문을 나서면 건물의 벽, 건물의 벽이 만들어내는 거리, 공원이나 광장, 하늘과 대지 등의 관계 속에서 전경과 후경을 감지하게 됩니다. 그러면서 자연과 건축이 협업하여 만들어놓은 도시의 일부를 감지하게 되는 것이지요.

경주타워는 좁은 영역에서 이를 반전해 놓은 것입니다. 이 작업은 20세기 중엽의 이탈리아 건축가 루이지 모레티Luigi Moretti 와 브루노 제비Bruno Zevi나, 근래 활발한 활동을 보인 조각가 레

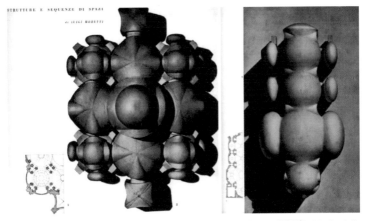

'산타 필리포 네리(S. Filippo Neri)'와 '산타 마리아 델라 디비네 프로비덴체(S. Maria della Divine Providence)'의 실내 공간을 고체화한 루이지 모레티의 프로젝트

방과 계단의 실내 공간을 고체화한 레이첼 화이트리드의 작품들

이첼 화이트리드Rachel Whiteread의 작업을 연상케 합니다. 이들은 공간을 에워싸는 모든 건축재료를 제거하고 실내 공간을 고체 상태로 만들어 공간의 인식을 분명하게 했습니다. 그 방식은 경주타워와 정반대이지만, 여기서 중요한 것은 우리가 쉽게 인지하지 못하는 공간을 구체적으로 의구심 없도록 대상화하고 있다는 점일 것입니다. 곧 한정된 공간을 전경화하여 우리가 볼 수 있도록 만든 것이지요. 특히 화이트리드는 그것을 조각이라는 예술의 한 영역에서 다루고 있어, 우리에게 일상의 공간을 더 특별하게 느끼고 바라보게 합니다.

우리는 이전보다 훨씬 더 또렷하게 이러한 공간에 대해 인식하거나, 구체적으로 파악하기 시작했을 것입니다. 좋은 건축을 하려는 건축가뿐만 아니라 건축물을 감상하려는 많은 사람조차도, 어쩌면 모든 사람이 이를 이해하기 시작했을지도 모르겠습니다. 대지 위에 창조된 삶의 공간은, 우리가 거주하는 집 안이든 집 밖이든, 도시 안이든 넓은 초지이든, 이곳이든 지구 반대편이든 하나의 대기로 된 삶의 세계로, 절연되어 있지 않다는 것을 이제는 쉽게 알 수 있습니다. 극지방의 오존층이 파괴되어 가고, 온난화는 가속화되며, 해수면은 상승하고, 북극곰이 죽어가며, 코로나로 병들어 가는 우리 시대에, 대상화할 수 없는 공간 속에 언제나 전경으로만 존재하고자 하는 우리에 대해서도 다시 한번 생각할 시간이 된 것 같습니다. 어쩌면 우리에게

황룡사지

재고할 시간이 넉넉히 주어져 있지 않을지도 모릅니다.

　황룡사 9층 목탑을 부활시킨 경주타워를 통해서, 여러 단계를 건너뛰고 조금은 과도하게 해석해서 말해보자면 이렇습니다. 서로 전경과 후경이 되어주는, 건축의 내용물인 '공간'과 이를 둘러싼 '배경'을 역전시켜 후경의 중요성을 강조하는 한편, 공간 공동체의 인식과 이에 대한 의식을 필요로 하는 삶의 세계로 확장하여 생각하도록 만드는 것 같다는 얘기입니다. 그 어느 시대보다 이러한 의식을 요구하는 시대에 살고 있는 것 같고, 그래서 서로에게, 대지에게, 지구에게, 후경이 되어주는 공간 공동체의 인식이 필요하다고 말하는 것 같습니다.

　황룡사 9층 목탑을 품고 있는 경주타워 앞. 한가운데 심초석과 가장자리 기초석만 남겨놓고 흔적 없이 사라진 아름다운 목탑을 그려보고, 황룡사지 앞에서 이 일대의 서라벌이 어떠했을지 상상해 봅니다. 복원되지 않으면서 우리 시대로 소환된 경주타워는 과거의 찬란했던 신라의 문화와 건축술을 기억하는 새로운 패러다임을 제시하는 것 같다는 생각이 머릿속을 가득 채웠습니다. 황룡사 9층 목탑을 복원하지 않으면서 과거의 기억을 복원한 이 위대한 작품이야말로 무엇이 중요하고 그렇지 않은지, 전경이 무엇이고 후경이 무엇인지 넌지시 말하며, 전경으로만 존재하고자 했던 우리의 존재를 한 번은 되돌아보게 하는 건축인 것 같다는 과한 생각을 해봅니다.

봄 길 저편의 기억 ②
_____ 영월 젊은달와이파크

영월 '젊은달와이파크'는 주천강이 휘돌아 감고 나지막한 다래산이 쭉 뻗은 천혜의 환경에 자리해 있습니다. 이곳은 주천면의 술샘박물관(2014년 개관)을 재탄생시킨 곳으로, 2019년에 개관했습니다. 이듬해 12월 코로나의 위협 속에서도 '2020 한국 관광의 별'에 선정, 특별상을 받은 곳입니다.

'술이 솟는 샘'을 뜻하는 '주천酒泉'이란 지명에서 이름을 따온 술샘박물관은, 주천 지역의 전통주를 주제로 조성된 전시공간이었는데 그간 활성화되지 못했습니다. 그러다가 2019년에 다양한 현대미술 작품 전시와 놀이, 공방 등의 기능을 더하며 복

젊은달와이파크와 다래산

합 예술공간으로 탈바꿈했습니다.[1]

이곳에는 거친 표면의 마감, 날것 그대로의 재료나 구조의 특성을 드러낸 구조물이 있습니다. 앞서 언급한 '브루털리즘'을 떠올리게 하는 이 구조물은, 거친 나무토막으로 만들어진 '목성'입니다. 조각가 최옥영의 작품인 '목성'은 젊은달와이파크의 다양한 창작물들과 더불어 이곳을 매우 특색 있게 만드는 중요한 시설입니다. '목성'을 보기 위해서라도 이곳을 꼭 찾아가 봐야 한달까요.

'목성'의 상단부

이곳은 주천의 자연환경과 미적 창작물들이 묘하게 어울리는, 이른바 '자연과 인간의 컬래버레이션'이 탁월한 곳입니다. 염세주의나 환경주의적 관점에서는 이렇게 멋진 자연환경을 인위적 가미가 망치고 있다는 식으로 상반된 평가를 할 수 있겠습니다만, 전자의 견해를 따르자면 거대한 대지의 예술공간이 만들어진 셈입니다.

입구부터 예사롭지 않습니다. '붉은 대나무'의 강렬한 붉은색의 파이프는 자연의 일부를 흉내 내고 있는데, 차갑고도 뜨거운 대나무 숲을 만들어 주의를 환기시킵니다. 시각의 긴장과 형상의 집중도를 높여 공간의 시작을 알리며 방문객을 내부로 안내합니다. 이곳을 지나면 '카페달'(카페 겸 전시공간의 진출입구)에 이어 '목성' '젊은달미술관 1~3' '바람의 길' '젊은달미술관 4·5' '붉은 파빌리온 1·2' 'Spider web play space' 등이 이어집니다. 입구만큼이나 눈길을 사로잡는 창작물들과 공간들이 전체를 구성하고 있는 재미난 곳입니다.

여기서는 공간이 주연이 되고 또 조연이 됩니다. 다른 전시공간들에선 보기 어려운 점입니다. 보통 전시공간은 주인공으로 출연하는 창작물을 위한 무대장치로서의 기능과 역할에 그치지만, 여기서는 그것이 혼재되어 있어 흥미를 더합니다. 그리고 이러한 설치물들을 통해서 내·외부 공간을 경험할 수 있도록 구성한 점들을 높이 살 수 있겠습니다.

'카페달'에서 내다본 입구 '붉은 대나무'(오른쪽)와 다래산 능선

젊은달와이파크 입구 '붉은 대나무'

'붉은 대나무' 내부

상반된 특색을 지니지만 인상 깊은 공간 두 곳을 언급하면, 콘크리트 구조체가 노출된 공간과 절묘하게 어울리는 이재삼의 '저 너머Beyond there', 그리고 재미난 상상력으로 이탈리아 르네상스의 거장이 생각나게 만드는 최정윤의 '어린달'입니다.

'저 너머'는 발랄하면서 감각적이고 서구적인 창작물이 주를 이루는 이곳의 다른 전시공간들과 다르게, 콘크리트 구조체의 노출된 공간과 절묘하게 어울리며 묵직한 무게감을 줍니다. 동양화풍의 목탄화로 묘사된 대나무 숲은 다소 들뜬 마음을 다잡아 주는데, 한편으로 이곳의 다른 전시공간들의 성격과 비교해 볼 때 다소 '생뚱맞아' 보입니다. 강렬한 붉은색의 파이프로 만들어진 입구 '붉은 대나무'를 떠올려 보면 특히 그렇습니다. 하지만 분명한 것은 노출한 콘크리트 구조물이 이 작품을 이곳으로 불러들여 본래보다 더욱 돋보이게 만들고 있다는 점입니다. 절묘하게 공간과 전시물이 어울리고 있는 셈이지요.

어린이를 위한 설치미술이라 소개하고 있는 '어린달'은 무엇보다 인상적인 작품입니다. 첫눈에 레오나르도 다빈치가 그린 천장화가 떠올랐습니다. 밀라노의 스포르체스코성 박물관Musei del Castello Sforzesco에는 그가 그린 천장화(1498)로 유명한 '살라 델레 아세La Sala delle Asse'라는 방이 있습니다. 녹색 덩굴이 온 천장을 가득 덮고 있지요.

다빈치는 밀라노를 다스리던 군주 루도비코 스포르차를 위

이재삼의 '저 너머'(2006)와 노출된 콘크리트 벽면

최정윤의 '어린달'(2020)

해, 이 방의 천장에 뽕나무 줄기와 가지와 잎과 열매를 가득 그려놓았습니다. 왜 하필 뽕나무냐면, 스포르차의 별칭이 '루도비코 일 모로Ludovico il Moro'인데 이는 뽕나무를 뜻하는 'Moroni'를 암시하기 때문입니다. 일부 학자는 스포르차가 뽕나무를 도입하고 대대적으로 재배해서 붙은 별칭이라 주장합니다.[2] 그러니까 뽕나무는 그를 암시하고, 그의 가문이 뽕나무처럼 얽히고설

레오나르도 다빈치의 '살라 델레 아세' 천장화

키어 번성하고 번영해 나가기를 염원하며 천장화의 주제로 그린 것임을 자연스럽게 유추할 수 있습니다.[3]

이 뽕나무 천장화를 연상하게 만드는 '어린달'은, 털실을 온 천장에 이어 짜서 삼차원의 천장화를 그린 듯 근사한 작품을 만들어냈습니다. 언뜻 보기에 거대한 거미줄이 쳐진 천장 같아 보이지만, 르네상스 시대 천장화나 근대의 페인트나 벽지, 또는 콘크리트 노출로 끝나는 이차원의 면적인 마감을, 작가는 이전 시대에는 없었던 새롭고 강렬한 삼차원의 천장으로 만들었습니다. 이 공간은 아이들에게는 풍부한 상상력을 자아내게 해주는 재미난 놀이공간이 되기에 충분하고, 저에게는 르네상스 시대 이탈리아의 거장들이 남겨놓은 작품을 볼 수 있는 스포르체스코성을 떠올리게 하여 잊고 있던 예술적 감상을 환기하기에 충분합니다.

이제 본래 이곳을 찾게 된 계기인 '목성'에 관해 살펴보겠습니다. 우리는 앞서 '여수 마래 제2터널' 이야기에서 단단하고 거친 돌의 질감과 그 날카로운 표면이 만들어내는 공간감을 간접적으로 경험했습니다. 이 파빌리온 같은 설치물은 그 연장선의 질감을 가지고 있습니다. 가까이서 보는 '목성'은 나무가 주는 따뜻함과 함께 나무껍질과 표면이 건조되어 다소 거칠고 까칠해진 굳은살 같은 느낌을 줍니다.

한편 멀리서 보면 '목성'은 비스듬히 엮인 나무토막들이 만들어낸 손금 무늬를 두른 것처럼 보입니다. 그런데 이 무늬를 따라 시선이 향한 위쪽에는 삐쭉빼쭉 튀어나온 나무토막들이 인상적입니다. 마치 궁궐 전각 지붕의 네 귀퉁이에 있는 잡상처럼 재미난 모양입니다. 내부는 더욱 흥미롭습니다.

얼키설키 엮어놓은 나무토막들 사이를 비집고 들어오는 빛은 내부 공간을 더욱 투박하게 만들면서 원석 같은 아름다움을

'목성'

'목성' 내부 연결 통로

'목성' 내부로 들어오는 빛

선사합니다. 산란하여 몸에 부딪치는 빛의 공간은 태곳적 공간
을 연상하게 만들면서 원시적 은신처의 공간감을 드러냅니다.
빛의 유입이 없었다면 마래 제2터널의 느낌과 매우 유사했을
것입니다. 비록 설치적이면서 조형적 성격이 강한 탓에 단순하
긴 한데, 인간의 DNA에 박혀 있는 외부에 대항한 내부 공간의
구축성이 느껴집니다. 그리고 올려다본 돔은 여러 형태의 돔 건

'목성'의 원형 천창

물들을 연상케 합니다. 특히 한가운데 자리한 둥근 천창은 몇
몇 위대한 건축물을 떠올리게 합니다.

　건축을 공부한 사람이라면 로마 판테온을 떠올릴지도 모릅
니다.[4] 판테온은 인류 초기에 고안해 냈던 원시적 삶의 공간을
상징하는 요소들로 가득합니다. 판테온 천장 한가운데 있는 오
쿨루스(oculus), 곧 원형 천창은 내부 공간을 위한 자연광의 원

독일 '신 위병소'의 오쿨루스

5·18기념공원 '추모승화공간'의 오쿨루스

천이 되고, 통풍과 환기의 기능을 하며, 시계 반대 방향으로 도는 빛의 움직임을 통해 시간의 흐름을 인지하게 합니다. 그래서 정밀히 계산된 공간의 눈을 통해 들어온 빛이 명확히 망막에 들어와 맺히는 구조를 형성합니다.

한편, 같은 건축적 요소라고 하더라도 케테 콜비츠의 '죽은 아들을 안은 어머니' 모자상이 전시된 독일 '신 위병소'의 '전쟁과 폭정의 희생자를 기리는 추모관'과는 전혀 다르게 해석됩니다. 이곳의 오쿨루스는 외부 조건에 노출된 나약한 인간의 모습에 초점이 맞춰져 있기 때문입니다. 아울러, 오쿨루스를 흉내만 낸 점에서 여러모로 아쉬움이 있는 5·18기념공원 내 '추모승화공간'도 떠오릅니다.

이제 여기에서 수십 보 더 나아가, 훨씬 더 고도의 공학적 치밀함과 정밀함 그리고 미학적 숭고함을 더한 페터 춤토어 Peter Zumthor의 '수도사 클라우스 기념 예배당 Bruder Klaus Feldkapelle'(2007)의 오쿨루스를 보겠습니다. '목성'과 마찬가지로 노출콘크리트의 형태는 브루털리즘 양식에서처럼 거친 면을 그대로 보여줍니다. 그러나 지금까지 보아온 형태와 다른 눈(오쿨루스)은 이 작은 건축물에 생명을 불어넣고, 대자연과 하늘과 천상과 소통하게 만듭니다.

이 예배당은 독일 서부 작은 마을 메허니히 바헨도르프 Mechernich-Wachendorf의 경작지에 서 있는데, 이 지역 농부들의 수

수도사 클라우스 기념 예배당의 오쿨루스

수도사 클라우스 기념 예배당 전경

호성인인 15세기 인물 '클라우스 수도사'를 기리기 위해 만들어 졌습니다. 춤토어는 드넓게 펼쳐진 들판에 한 사람을 숭앙하는 기념공간을 넘어, 수도사의 삶과 정신을 상징하는 기념비를 아 로새겼습니다. 물질의 대표 주자인 건축을 뛰어넘어 정신과 삶 의 연관성을 담아낸 이 예배당은, 거칠지만 간결하고 간소하며 아름답고 지엄한 공간으로 우뚝 솟았습니다. 공간을 창조할 수 있는 기회가 주어진다면 바로 이러한 공간에서 시작하여, 이를 뛰어넘는 신비스럽고 경이로운 공간을 빚어내고픈 큰 소망을 갖게 만드는 걸작이 아닐 수 없습니다.

가장 흥미로운 점은 공간을 생성시키는 방법론에서 찾을 수 있습니다. '목성'은 바닥을 콘크리트로 굳히고, 내외부 경계를 조성하기 위해 원형의 철골구조를 세운 후 나무토막을 엮어 만 들었습니다. 그에 비해 이 예배당은 지금까지 생각하지 못한 전 혀 다른 방식으로 만들었습니다. 바닥을 콘크리트로 굳히고 112개의 나무를 원시적인 원형의 오두막집과 삼각형 입구가 형 성되도록 서로 기대어 세운 후, 이를 감싸는 거푸집을 만들고 약 50센티미터 높이로 콘크리트를 붓고 굳히는 방식으로 스물 네 번 반복해, 약 12미터 높이의 오각 콘크리트 기둥을 만들었 습니다. 맨 마지막 층의 콘크리트가 굳으면, 세모 모양으로 남겨 둔 입구의 공간 속으로 불을 지펴 나무를 모두 태웁니다. 그러 면 납을 녹여 만든 바닥과 나무가 연소되어 그것의 물질이 소

수도사 클라우스 기념 예배당의 입구

수도사 클라우스 기념 예배당의 예배 공간

거된 공간, 곧 나무가 타고 난 자리에 그 흔적만 남아 속이 빈, 외부 형태를 통해 유추할 수 없는 검게 그을린 벽의 공간이 만들어집니다.

나무는 이미 타서 사라졌으나 세워진 나무의 방향대로 결을 갖게 된 벽면은 하늘로 향하며 공간의 눈을 만들어내고, 이 눈은 무엇 하나 제대로 갖추지 않은 노출콘크리트 덩이에 원초적이면서 영적인 집이 완성되도록 생명을 불어넣습니다. 이를 통해 비로소 신비로운 영적 존재와 대화하고, 자연과 낮의 하늘과 밤의 별들과 소통할 수 있는 공간이 태어나게 되는 것이지요. 이로써 하나의 시저 공간으로 귀결되는 정신의 공간, 영적인 공간이 완성됩니다. 마치 클라우스가 육신의 세계에 헌신하며 종국에는 산화하여 영의 세계로 귀천하며 남겨놓은 유산 같습니다.

이는 검소하게 살다 간 클라우스를 닮아 있습니다. 신과 함께한 검박한 수도자의 삶, 그것의 감각적 표현, 그리고 그 자체로 존재하고 정신이 되고 영이 되는 공간이 탄생한 것이지요. 이제 브루털리즘은 여기에서 불에 타 생을 다하고 우리 눈앞에 등장한 새로운 건축을 목도합니다. 뭇 성도뿐만 아니라 많은 이의 마음에 깃드는 기념비가 세워진 것이지요.

이에 견줄 바는 못 되지만, '목성'과 그것의 눈에서 쏟아져 들어오는 빛의 공간을 경험해 보는 것은 국내에서 쉬이 할 수 없는 경험일 것입니다. 젊은달와이파크의 흥미롭고 다양한 감각적 창작물들과 함께, 거친 재료와 구조 본연의 특성이 주는 '목성'의 공간감을 느끼면서, 더욱 풍부한 인문학적 상상과 의미론적 추론의 길을 따라가 보시기를 권하고 싶습니다.

좀 거창하지만, 태곳적 인류 이후 지금까지 우리에게 남겨진 순수하지만 숭고해질 수 있는 공간의 DNA를 살피는 것도, 누구도 예상치 못한 공간에 관한 근사한 생각으로 이어질지 모를 일입니다. 현장은 언제나 그렇듯 건축의 함의에 관해 글이 주는 설명보다 훨씬 더 풍부한 인문학적인 상상과 의미론적인 추론의 길을 열어주니까요.

대지는 창공을 그리며
_____ **UTA항공 772편 추모비**

북위 16도 51분 53.748초, 동경 11도 57분 13.362초, 사하라사막. 기수를 프랑스 파리 쪽으로 향한 여객기 모양 하나가 그곳 지상에 실제 크기로 그려져 있습니다. 찾기도 쉽지 않고 도달하기도 어려운 사막 한가운데 새겨진 흥미로운 랜드마크. 사실상 위성사진으로만 볼 수 있는 이 이미지는 사하라사막의 타투, 지우지 말아야 할, 지워지지 않을 문신으로 남은 풍경입니다. 비극의 결말과 희망의 결과가 만들어낸 합작품입니다. 이 추모비는 목적지에 도달하지 못한 어느 여객기의 끝, 곧 무덤이자, 새로운 이야기가 시작되는 곳입니다.

UTA항공 772편 추모비

© Les Familles de l'Attentat du DC10 d'UTA

콩고공화국 수도 브라자빌에서 차드의 은자메나 국제공항을 경유하여 프랑스 파리에 도착하기로 되어 있던 UTA항공 DC-10 여객기 772편. 이 여객기는 1989년 9월 19일, 현지 시간 13시 13분, 승객 156명과 승무원 14명을 태우고 경유지인 은자메나 국제공항을 이륙합니다. 그로부터 46분 후, 고도 1만 700미터 상공에 도달할 무렵, 화물칸에 실린 여행 가방 안에 은닉돼 있던 폭탄이 폭발하면서 여객기는 공중 분해됩니다.

잔해는 니제르의 테네레 남부 아가데즈Agadez에서 동쪽으로 450킬로미터 떨어진 사하라사막에 흩뿌려집니다. 156명의 승객과 14명의 승무원 모두와 함께. 희생자는 프랑스인 54명, 콩고인 48명, 차드인 25명, 이탈리아인 9명, 미국인 7명 등 18개 국적에 달했습니다. 프랑스 정부와 국제민간항공기구 등의 합동조사 결과, 이 테러는 리비아의 카다피 정권이 저지른 것으로 판명됐습니다. 프랑스가 1978년 이후 리비아와 차드 사이의 분쟁에서 계속 차드 편을 들자, 그것에 불만을 품고 저지른 테러였습니다.

사고를 확인하기 위해 프랑스 공군기가 급파됐고, 사고 이틀 날 낙하산부대가 니제르의 추락 현장에 생존자가 없음을 확인했습니다. 그 이틀 후 폭발물의 흔적이 발견되자 프랑스 정부는 대대적인 조사에 착수했고, 오랜 기간 잔해물을 꼼꼼히 살폈습니다. 그 결과 이 사고가 리비아 카다피 정권이 개입한 테러임을 확인했고, 1999년 6월 프랑스 법원은 불출석한 6명의 리비아인 용의자에게 종신형을 선고합니다.[1] 범인들은 체포되지 않은 채 리비아에서 자유롭게 살았고, 리비아는 책임을 인정하지 않으면서도 그해에 3400만 달러를 지불했습니다. 당시 유족에게는 적게는 3000유로, 많게는 3만 유로가 보상금으로 지급되었습니다.

희생자 유가족인 기욤 드누아 드 생 마르크 Guillaume Denoix de Saint Marc는 2014년 1월 22일 BBC 기사를 통해, 이 비극적인 희생과 그 후 추모비를 조성하기까지의 이야기를 들려줍니다.[2] 생

사하라사막에서 발견된 사고기의 잔해

마르크는 UTA항공 772편 추모비를 세우는 데 가장 큰 역할을 한 사람입니다. 그는 이 사고로 아버지를 여의었습니다.

유가족으로 구성된 'SOS Attentat' 모임의 일원이었던 생 마르크는, 2002년 어느 날 카다피의 아들인 사이프 알 이슬람 카다피가 어느 회의장에서 연설을 한다는 소식을 듣습니다. 그곳을 찾아간 생 마르크는 UTA항공 772편 사건이 종결되었다는 선언으로 연설을 마치려는 사이프 카다피를 향해 "내 아버지가 그 비행기에 타고 있었다"고 외쳤습니다. 그리고 보상금도 매우 적을 뿐만 아니라 가해자도 처벌되지 않았다고 했습니다. 이틀 후 한 호텔에서 이에 관한 이야기를 이어갔고, 결국 사이프 카다피는 그를 리비아에 초청했습니다. 생 마르크는 18개국에 흩어져 있는 피해자 유족에 관한 세부 정보를 수집하여, 2003년 7월 아내와 그의 사촌 발레리와 함께 리비아로 떠났습니다.

무엇보다 카다피의 공개 사과가 우선해야 하겠지만 그럴 가능성이 희박했기에, 생 마르크는 희생자 유족들에게 합당한 보상금이라도 지불하게 해야겠다고 생각했습니다. 리비아 정부는 아프리카인에게는 다른 대륙의 유족과 같은 금액을 지불하려 하지 않았습니다. 그러나 생 마르크는 뜻을 굽히지 않았고, 결국 모든 희생자에게 같은 금액을 지불하도록 하는 협상 결과를 이끌어냈습니다. 2004년 1월 9일 리비아는 피해자 한 명당 100만 달러씩, 총 1억 7000만 달러를 지불하기로 합의했습니다. 생 마르크는 보상금을 전달하기 위한 재단을 설립하고 전 세계에 흩어져 있는 유족을 찾기 시작했습니다. 2012년 마지막 유족에게 보상금을 전달하기까지, 총 8년에 걸친 작업이었습니다.

한편 그는 니제르 당국과 현지 부족의 동의를 얻어, 2007년 3월에 사고기 잔해가 있는 현장을 방문했습니다. 그와 아내, 그리고 다른 희생자 유족 2명과 함께 긴 여정을 시작했습니다. 그들은 니제르의 아가데즈를 출발해 3일간 사막을 가로질러 운전한 끝에 사고기의 첫 번째 잔해를 발견했습니다. 프랑스 정부가 사고의 단서가 될 만한 것들을 수거해 갔으나 나머지 잔해들은 여전히 거기에 남아 있었습니다. 산산조각 난 동체의 파편, 좌석, 수하물 등 다양한 잔해물들 속에서 인간의 두개골을 발견하기도 했습니다.

생 마르크 일행은 그곳에서, 과거에 이미 세워진 추모비를 발견했습니다. 희생자 중 엑슨Exxon 소속 직원 등을 기리고자 동료들이 세운 것으로, 사막에 떨어진 사고기의 오른쪽 날개에 희생자의 이름이 담긴 명판을 붙인 형태였습니다. 명판에는 총 11명의 이름이 새겨져 있었는데, 생 마르크 일행이 발견한 당시에는 명판 일부가 떨어진 채 넘어져 있는 상태였습니다. 일행은 이 날개를 약 6킬로미터 옮겨다가, 원래 명판이 붙어 있는 면의 반대쪽 면에 전체 희생자의 이름이 새겨진 명판을 새로 붙여 추모비로 삼았습니다. 그리고 사막의 폭풍에 넘어가지 않도록

생 마르크 일행이 발견한 기존의 추모비

© Les Familles de l'Attentat du DC10 d'UTA

여러 각도에서 본 772편 추모공간　　　© Les Familles de l'Attentat du DC10 d'UTA

모래 바닥을 깊이 파서 콘크리트 기초를 만들어 세웠습니다.

추모비 바로 곁에는 사고기의 실제 크기와 같은 비행기 실루엣을 담은 원형의 추모 조형물을 조성했습니다. 모래 위에 돌을 깔아 만든 크고 둥근 동그라미 형태는, 1920년대에 사하라사막 상공을 날던 우편배달 항공기용 지상 이정표에서 영감을 받은 것입니다. 검은 동그라미 안을 비행기 모양으로 비워둠으로써 만들어진 실루엣은, 테러로 사라져버린 772편의 '부재'를 상징합니다. 원의 외곽에는 170개의 깨진 거울을 설치했는데, 이는 170명의 희생자를 추모하는 의미입니다.

이로써 UTA항공 772편의 사고 지점 인근에, 다시없을 묘비이자 추모비가 세워졌습니다. 1989년 사건이 발생한 뒤 2007년 추모비가 만들어지기까지 약 18년의 시간이 흘렀습니다. 사람이 찾지 않는 사막 한가운데 인간이 남길 수 있는 가장 거대하고 아름다운 추모비가 만들어진 것이지요. 그 과정 자체가 하나의 기념비적 사건이 되었습니다. 20세기 말 발생한 비행기 테러가 21세기에 이르러 의미론적 추모비 건축의 길을 연 것입니다. 묘비이기도 한 이 추모비는 사막 한가운데서 부재의 표식을 남기며 존재의 싹을 틔운 기념비가 되었습니다.

많은 사람이 생 마르크에게 왜 아무도 볼 수 없는 곳에 추모비를 세웠냐고 물었습니다. 추락 지점의 신성함을 지키기 위해, 그리고 상공을 지나는 여객기의 승객이 그곳을 보면서 희생자를 기억해 주기 바라는 마음에서 그곳을 선택했다고 그는 답했습니다. 이 추모공간은 조성한 지 몇 개월 만에 구글 지도에 포착되었습니다. 전 세계 사람이 인터넷을 통해 언제든 추모비를 볼 수 있게 됨으로써, 테러 희생자들은 오래도록 잊히지 않고 기억될 것입니다. 시간이 지나면서 모래가 돌들을 덮어 새로운 모습을 만들고 있고, UTA항공 772편 추모공간은 사막이 만들어낸 하나의 예술이 되었습니다.

전범국가 독일의 세세한 반성
_____ 베를린의 덜 알려진 추모공간들

    때는 바야흐로 20세기 초, 여러모로 어려운 시절에 독일은 이웃 나라들을 상대로 노략질을 일삼습니다. 잠시 반성하나 싶다가 다시 대도의 비범함을 앞세워 잔학하게 노략질하며, 모골이 송연해질 만큼 인류 역사상 가장 잔인하고 극악무도한 짓을 일삼는 나라로 바뀝니다. 다행히 제2차 세계대전은 연합국의 승리로 끝납니다. 시간이 흘러 독일은 본격적으로 가해국으로서 잘못을 뉘우치고, 피해 보상과 반성의 시간을 가지며 희생자를 위로하기 시작했습니다. 베를린 시내에 세워진 많은 기념물은 독일이 자기 역사의 과오를 드러내면서 반성과 사죄의 시간을 보내고 있음을 세계인에게 내보입니다.

그러한 기념물들 중에서 비교적 잘 알려져 있지 않은 '박해받은 동성애자 기념비' '분서 기념 도서관' '신 위병소' '그루네발트역 17번 선로'를 찾았습니다. 네 곳의 기념물이 히틀러와 독일의 광기가 만든 죽음의 역사를 어떻게 기억하여 우리에게 전달하는지 지금부터 둘러보겠습니다.

이야기는 베를린 심장부에서 시작합니다. 대개 중심지는 권력, 자본, 문화, 예술 등이 집중하는 곳입니다. 이런 장소에서 특히 건축은 그러한 것들과 결집하여 하나의 욕망 덩어리처럼 발현됩니다. 이런 종류의 건물들은 각 나라 수도 어디서나 찾아볼 수 있습니다. 제2차 세계대전에서 독일이 지지 않았다면, 히틀러가 꿈꾸고 슈페어가 실현하고자 했던 세계의 수도 '게르마니아Germania'를 현재 우리가 목도하고 있을지도 모릅니다.[1]

대지는 보통 건축물이 서게 될 위치가 어디냐에 따라서 중요한 문제로 등장합니다. 여기에 더해 그것이 상징적인 의미를 지닐 때는 쟁점이 되고 논란이 되는 경우가 많습니다. 어떤 경우에는 이 과정에서 건립 자체가 무산되기까지 합니다. 다양한 예들이 있습니다만, 무산되지는 않았으나 위치가 바뀐 사례를 한국과 독일에서 하나씩 꼽자면, '전쟁과여성인권박물관' 그리고 '유럽의 학살된 유대인을 위한 기념비'를 들 수 있습니다.

전자는 애초에 서울 서대문독립공원 안에 세워질 예정이었지

유럽의 학살된 유대인을 위한 기념비   © Alexander Blum / CC BY-SA 4.0

만, '일본군성노예'에 관한 박물관이 독립운동의 숭고한 정신을
훼손한다는 독립운동 관련 단체들의 반대에 부닥쳤습니다. 결
국 이 시설은 마포구 성산동의 한 가정집을 개조하여 개관하게
되었습니다.

한편 후자는 애초에 지금보다 남쪽, 현재 '공포의 지형Topographie
des Terrors' 박물관 자리에 들어설 예정이었는데, 당시 빈 땅이었
던 이곳의 활용 방안을 두고 논란이 일었습니다. 결국 두 차례
현상설계를 거쳐 현재의 베를린 중심지에 조성되었습니다.

둘의 차이를 보자면, 전자는 중심에서 너무 먼 곳으로 이전했
고 후자는 좀 더 가까운 곳으로 이전했다는 점입니다. 전자는
수치스럽고 치욕스러운 역사를 외면함으로써 도시 외곽의 작

전쟁과여성인권박물관

은 주택으로 갈 수밖에 없었고, 후자는 그 반대의 시선과 문제의식을 거쳐 도시 중심의 거대한 땅에 세워지게 된 것이지요.

이제 베를린 심장부 가까이에 있는 '박해받은 동성애자 기념비'에서 시작하여, 지척에 위치한 '분서 기념 도서관'과 '신 위병소', 마지막으로 다소 거리가 먼 '그루네발트역'까지 차례대로 살펴보겠습니다.

제3의 지대, 박해받은 동성애자 기념비

'박해받은 동성애자 기념비Denkmal für die im Nationalsozialismus verfolgten Homosexuellen'는 2008년 덴마크의 엘름그린Michael Elmgreen 과 노르웨이의 드라그셋Ingar Dragset이 디자인했습니다. 이것은 '유럽의 학살된 유대인을 위한 기념비'에서 길 하나 건너면 나오는 티어가르텐 공원 안에 자리하고 있습니다. 티어가르텐 공원은 창덕궁의 후원과 같은 일종의 금원인 곳이었습니다. 19세기 중엽 일반인에 개방하기 전까지 출입이 통제되다가 현재 베를린 시민의 휴식처와 산책로로 이용되고 있습니다.

이 기념비는 게이나 레즈비언이라 불리는, 박해받고 학살된 동성애자들을 위로하고 기억하고자 만든 조형물입니다. 공원 산책로에서 살짝 비켜서 있는 이 기념비는 산책을 하면서 예상치 못하게 마주치게 되는데요, 일상의 궤적 속으로 불쑥 들어오는 의도적 개입으로 보입니다. 기념비의 창을 통해 안을 들여다보면 여러 동성애자가 키스하는 짧은 영상을 볼 수 있습니다.

히틀러는 유대인뿐만 아니라, 소수민족, 집시, 동성애자 등 많은 사람을 박해했습니다. 이 하나의 기념물은 유대인 홀로코스트로 대표되는 희생의 범주 안에 머물지 않고, "여기 우리도 있습니다!" 하고 당당히 소리 내는 듯합니다. 존재의 증명처

박해받은 동성애자 기념비

기념비의 창을 통해 본 영상

럼요. 베를린 시민이 공원을 거닐며 만나게 될 이 기념물은, 그들이 자랑스럽게 여기는 괴테의 동상에서 엎어지면 코 닿을 데에 있습니다. 북쪽 의사당 쪽으로 조금만 더 가면 '나치에 희생된 집시를 위한 기념비'도 만날 수 있습니다. 여기서는 소수자의 희생도 가벼이 다루지 않는다는 인상을 받습니다.

분서의 서가, 분서 기념 도서관

이번엔 독일 대학생 연맹이 일으킨 분서 사건에 관한 놀라운 기념물입니다. 브란덴부르크 문과 파리저 광장을 지나 동쪽으로 쭉 뻗은 운터 덴 린덴Unter den Linden 대로를 따라 프리드리히왕 기마상까지 1킬로미터 정도 걸으면 훔볼트 대학과 그 앞 베벨 광장에 닿습니다. 여기에는 나치 시대의 분서, 곧 책을 불태운 사건을 기억하기 위해 만든 의미심장한 도서관이 있습니다.

1933년 5월 10일 이곳에서 비롯되어 전국적으로 번진 분서는, 추적추적 비 오는 음산한 분위기 속에서 수만 권의 책들이 소각되면서 시작됩니다. 나치의 대중계몽선전 장관이었던 괴벨스가 참석했고, 4만 명에 달하는 군중이 모여들었습니다. 성과학연구소 설립자이자 유대 지식인인 마그누스 히르슈펠트Magnus Hirschfeld의 흉상을 들고 온 학생들은 불타는 책 더미 위에 흉상을 던집니다. 책 더미 안에는 성과학연구소 도서관의 장서 수천 권을 비롯해 유대인, 공산주의자, 동성애자 등 이른바 '반(反)독일' 작가들이 쓴 수많은 책이 있었습니다.[2] 이와 같은 분서 사건은 그날, 그리고 그달에 걸쳐 베를린은 물론 독일 각지에서 수십 차례 벌어졌습니다.

책 화형식이 벌어진 그곳에, 나치의 분서 사건을 고발하는 기

1933년 5월 10일의 분서 사건

념물이 1995년에 설치되었습니다. 가로세로 1.1미터 길이의 육면체가 땅 밑으로 들어가 있는, 사면이 빈 책장으로 둘러싸인 텅 빈 '도서관'이 그것입니다. 독일어 정식 명칭을 우리말로 직역하면 '1933년 5월 10일 분서 기념 도서관"Bibliothek" Denkmal "Die Bücherverbrennung vom 10. Mai 1933"'입니다.

1995년 미하 울만Micha Ullman이 만든 텅 빈 정사각형의 이 공간은 미술평론가와 일반인 모두에게 호평을 받았습니다. 하얀 콘크리트 책장으로 구성된 이 '도서관'은 분서 사건을 상징적으로 보여줍니다. 지하에 만들어진 텅 빈 서가는 화형당한 책들의 무덤 같기도 하고, 이제는 더 이상 태울 책이 없어 불지를 수 없는 서가 같기도 합니다. 히틀러와 나치즘을 추종하며 책을

1933년 5월 10일 분서 기념 도서관

불태우고 인간마저 불태웠던 독일의 추악함은, 오늘날 이렇게 베벨 광장에 묻힘으로써 오히려 널리 회자되고 있습니다. '도서관'은 마치 무덤을 파헤쳐 당시 그들의 극악무도함을 만천하에 드러내 보이는 것 같습니다.

몇 년 뒤, '도서관' 인근 광장 바닥에 하이네의 희곡 〈알만조어〉(1821)의 대사 한 대목이 새겨진 청동판이 설치되었습니다.

단지 그것은 서막일 뿐이다. 책을 불태우는 자가 마지막엔 사람까지 불태울 것이다.

하이네의 작품 역시 1933년 분서의 대상이 되었습니다. 그의 예언대로, 분인(焚人)은 아우슈비츠에서 현실이 되었습니다.

하이네의 글과 분서 기념 도서관에 관한 설명이 새겨진 동판

반전과 평화의 피에타를 품은, 신 위병소

베벨 광장 주변에는 박물관, 갤러리, 공원 등 중요한 시설물들이 꽤 많이 자리해 있습니다. 그중에서 잊지 않고 들러야 할 곳이 베벨 광장 맞은편 훔볼트 대학 바로 옆에 위치한 '신 위병소Neue Wache'입니다.

이 건물은 1818년에 프로이센의 프리드리히 빌헬름 3세의 궁전을 지키기 위한 새로운 경비소로서 지어졌습니다. 신고전주의 건축의 선두 주자인 카를 프리드리히 싱켈Karl Friedrich Schinkel이 설계했습니다. 신 위병소는 싱켈이 베를린에 지은 첫 번째 작품으로, 전면에 여섯 개의 플로팅 기둥을 이중으로 세운 것과 건물 네 모서리에 그리스 양식인 도리스식 기둥을 사용한 것이 특징입니다.

제1차 세계대전 종전 후인 1931년, 신 위병소를 '제1차 세계대전 희생자를 기리는 기념관'으로 리모델링하기 위한 설계공모가 진행되었습니다. 여기서 1등으로 당선된 하인리히 테세노Heinrich Tessenow는 신 위병소 천장에 현재의 모습처럼 원형 천창(오쿨루스)을 내어 새롭게 단장했습니다. 참고로, 당시 유명했던 두 건축가 미스 반데어로에와 한스 펠치히는 공모에서 각각 2등과 3등을 차지했습니다.

신 위병소

1차대전 희생자를 추모하는 기념관으로 거듭났던 신 위병소는, 제2차 세계대전 말기에 폭격을 당해 심하게 손상됩니다. 1957년부터 1960년에 걸쳐 손상된 건물이 복원되고, 1990년 독일 통일 후 1993년에 '전쟁과 폭정의 희생자를 기리는 추모관'으로 개관해 현재에 이릅니다. 앞선 글에서 조금씩 살펴본 대로, 이곳의 둥근 천창 아래에는 케테 콜비츠의 조각상 '죽은 아들을 안은 어머니'가 전시되어 있습니다.[3]

'유럽의 학살된 유대인을 위한 기념비'나 '박해받은 동성애자를 위한 기념비'는 전쟁의 참상을 제3자의 시선으로 관조하는

신 위병소 천창 아래, 눈 쌓인 '죽은 아들을 안은 어머니'

느낌을 받게 합니다. 반면 '신 위병소'의 천창 아래 콜비츠의 조각상은 베를린의 비와 눈, 추위 등 기후에 고스란히 노출되어, 전쟁과 폭정 등 광포한 위력 앞에 하릴없이 노출되었던 이들의 고통을 상기하게 합니다. 전쟁에서 자식을 잃은 콜비츠 자신의 애통함을 표현한 조각은, 전장에서 돌아오지 못한 모든 이의 처지를 대변하는 듯합니다. 콜비츠의 피에타만큼 반전과 평화의 소중함을 피부에 와닿게 하는 작품도 또 없는 것 같습니다.

이처럼 '전쟁과 폭정의 희생자를 기리는 추모관'은 암흑이 대지를 뒤덮고 전쟁이 아들을 삼킨 통한의 시간을 지나, 평화와 사랑의 시간을 소원하며 숙고하는 묵상의 공간으로 우리를 이끕니다.

죽음을 향한 플랫폼, 그루네발트역 17번 선로

마지막으로, 베를린 서쪽에 위치한 '그루네발트역 17번 선로 S Grunewald, Mahnmal Gleis 17'를 가봅니다. 독일은 1941년부터 1945년까지, 기차를 이용하여 주로 동유럽 유대인 집단 거주지인 게토, 수용소 등으로 5만 명이 넘는 유대인을 강제 이송했습니다.

1941년 10월 18일, 죽음의 수용소로 향한 첫 번째 열차가 여기 그루네발트역에서 출발했습니다. 베를린시의 설명에 따르면,

이곳에서 1941년 가을부터 1942년 봄까지 약 1만 명의 독일계 유대인이 노동 및 강제 수용소로 이송되고 대부분 살해되었습니다. 목적지는 라트비아 리가와 폴란드 바르샤바, 그리고 아우슈비츠 비르케나우 및 테레지엔슈타트 수용소였습니다.

1998년 1월 27일, 17번 선로의 약 132미터에 걸쳐 186개의 강철판이 깔렸습니다. 추방된 수천 명의 유대인을 기억하고자 디자인된 것입니다. 철판 칸칸마다 기차가 출발한 날짜와 이송된 유대인 수, 그리고 도착지(수용소)를 적어 넣었는데, 도착지를 알 수 없어 비워둔 것도 있습니다. 추방당하기 전 플랫폼에 마지막 발을 디뎠던 유대인도, 그들을 실어 보낸 기차도 이제 사라지고 없지만, 그루네발트역 17번 선로는 추방당해 사라진 그들의 기억을 기록하고 있습니다. 그렇게 죽음으로 가는 열차를 떠나보낸 역은 죽은 자를 기록하여 기억하고 있습니다. 17번 선로 철판 위의 기록은 수많은 생명을 죽음으로 내몬 독일의 만행이 어디론가 떠나 사라지지 않도록 선로에 단단히 붙들어 매었습니다.

17번 선로에 기억공간이 조성되기에 앞서, 그루네발트역엔 1991년에 폴란드 조각가 카롤 브로니아토프스키Karol Broniatowski 가 만든 기념물이 세워졌습니다. 베를린에서 추방된 유대인을 위한 기념비입니다. 거친 콘크리트 질감 속에 사람의 형상이 음각되어 있습니다. 기차 칸에 꼼짝없이 갇혀 추방된 유대인을 표

그루네발트역 17번 선로

17번 선로에 적힌 기록:
"1942년 7월 6일, 유대인 100명, 테레지엔슈타트 수용소로 이송"

베를린에서 추방된 유대인을 위한 기념비

현한 듯한 이 조형물은, 독일의 패악적인 만행으로 참혹하게 희
생된 유대인의 비극의 한 단면을 보여주는 듯 우리의 시선을 잡
아끕니다.

물질문화로 대표되는 건축의 결과물은 당연히 물질 덩어리
로 이루어지지만, 그 속에 담긴 것은 기념비적인, 때로는 숭고
하거나 비극적인 기억과 역사일 것입니다. 죽음으로 이어진 그

　루네발트역 17번 선로 위의 기록과 콘크리트 속에 갇힌 인간의 형상은, 비극의 시간과 공간을 동결시켜 놓음으로써 과거의 패악과 수치를 우리 시대에 소환하고 있습니다.

　이처럼 의미 있는 '흑역사'의 기념물들이 단순한 '다크 투어리즘'을 넘어 '교훈의 유산'이 되어, 인류가 존속하는 마지막 날까지 남아 있기를 희망해 봅니다.

닫는 글

기억의 재건축, 둔촌주공을 보내며

2018년 여름, 둔촌1동이 사라졌습니다. 1980년에 첫 입주를 시작한 둔촌주공아파트는 네 개 단지에 143개동, 5930세대에 달하는 규모로, 행정구역 둔촌1동 전체를 차지하고 있었습니다. 둔촌1동 주민이라 하면 곧 둔촌주공 입주민을 가리키는 셈이었지요. 둔촌주공 건설 당시의 대규모 아파트 단지를 통한 주택공급 방식은, 지금도 수도권에서는 유효한 방식으로 여겨집니다. 전국 평균 주택보급률은 오래전 100퍼센트를 넘었지만 서울을 포함한 수도권은 아직 거기 미치지 못한 상황이니까요.[1]

2018년 봄, 이주가 완료된 둔촌주공을 찾았습니다. 2017년에 재건축이 확정되면서 여름에 이주가 시작되었고, 이듬해 찾은 봄에는 이미 유령도시 같은 분위기를 내고 있었습니다.

2018년 3월, 이주를 마친 둔촌주공의 모습

2018년 하반기에 들어서서는 재건축을 위한 철거가 대대적으로 시작되었습니다.

2020년 상반기에 다시 찾은 이곳은 그야말로 거대한 공사장이었습니다. 재건축을 둘러싼 행정적인 난제, 철거 폐기물 처리, 일반분양가 산정 등, 이주에서 입주 및 분양에 이르기까지 소거된 입주민의 삶의 기억은 논외로 하더라도 지불해야 하는 사회적 비용이 결코 적지 않습니다.

대지면적 46만 2771제곱미터에 달하는 둔촌1동에 대한 재건축은, 한국에서 유례가 없는 최대 규모의 사업으로서 엄청난 사회적 비용을 치를 수밖에 없는 구조로 되어 있습니다. 공사 전에는 입주민의 이주 문제로 인한 행정적 비용과 이주 비용이 발생했고, 공사 중에는 인근 주민이 견뎌야 하는 분진과 소음, 공사 차량의 통행으로 인한 교통 혼잡, 그리고 공사 후에는 분양에 따른 복잡한 과정, 대규모 입주에 따른 인구이동, 상승한 집값에 따른 저소득층 원주민의 재입주 불가 등의 문제가 이어졌습니다. 금전적, 환경적, 행정적으로, 두루 많은 사회적 비용을 치러야 하는 문제들입니다. 주거의 발전과 질 향상을 위해 당사자와 주변 이웃이 감내해야 하는 고충치고는 기간과 규모 면에서 작지 않은 것이 분명합니다.

한동안 일반분양가에 대한 시공사와 조합, 조합과 주택도시보증공사 간 갈등으로 공사 일정이 지연되면서 시끌벅적해진

상황이 속속 뉴스를 탔습니다. 건설사가 공사를 중단하는 사태에다 사업비 대출 연장은 안 되고, 조합장은 사퇴하는 등 끊이지 않은 잡음 역시 불필요한 에너지를 소모시켰습니다. 하지만 더 중요한 문제는, 기존 소규모 상권과 주거지의 대대적인 변형이 도시의 공간구조에 미치는 영향과 충격이 소규모 블록의 일반 주거지에 비해 너무도 클 것이라는 점입니다.

그러므로 이러한 문제들을 야기하지 않는 방향의 재건축을 모색해야 하겠는데, 그러기 위해서는 점차 택지개발 시점에서 소규모 주거지 조성을 위한 획지가 선행되어야 할 것입니다. 그리고 재개발은 기존 저층주거지가 가지고 있는 공간구조를 통합하거나 기존의 도로나 공원과 같은 공적 공간을 하나의 거대한 공간으로 병합하지 않아야 합니다. 그래야만 오랫동안 유지되어 오던 인간적 규모의 주거지가 가지고 있는 터의 무늬가 없어지지 않고, 새롭게 입주하는 이들이 공적 공간을 사유화하지 못할 것입니다.

그러나 정부는 집값 안정을 위해, 공급이 여전히 부족한 수도권에 빠르게 대량으로 주택을 공급하고자 할 것이고, 이러한 요구에 화답하는 사업주체는 시공성·사업성 등을 들어 이를 가만히 두고 보지 않을 것이 뻔합니다. 이 과정에서 우려되는 것은 다른 무엇보다도 '기억의 소거'입니다. 입주민이 자신의 주거지에 층층이, 켜켜이 쌓아 올린 삶의 기억은 현재의 제도대로라

2020년 6월, 기초공사를 준비 중인 둔촌주공 재개발 공사장

면 백지처럼 말소되고 말 것입니다.

5000세대가 넘는 거주지가 한순간 사라지고 1만 2000여 세대가 새롭게 탄생한다는 것은 정말 충격적인 사건입니다. 굳이 이론가나 사상가의 도움을 받지 않더라도, 둔촌주공과 함께한 삶의 주인공들을 통해서 그러한 충격과 안타까움을 간접적으로 느낄 수 있습니다.

짓고 철거하고 다시 짓는 아파트를 통해서 발전하는 집, 우리 시대 삶의 집은 아파트가 되어버린 것 같아 안타깝습니다. 아파트를 통해서 거주의 방식이 구조화되는 주거문화는 무언가 많은 희생을 담보로 하는 것 같습니다. 입주민이 살아온 기억, 그리고 그 바탕으로 살아갈 삶의 기억이 담기지 못하고 또다시 철거될 것이기에 더욱 그렇습니다. 이러한 시선에서 근본적인 접근이 가능하지 않을까 생각합니다. 사라진 기억의 장소, 변해버린 추억의 공간, 일상 터전의 상실 등 변형된 기억의 지형에 관한 것들 말입니다.

철거되는 거주의 기억 앞에 둔촌주공의 입주민이 스스로 자신의 기억을 보존하기 위해 기록하고 촬영하여 만든 기록물들은 소중하기 이를 데 없습니다. 지난 삶의 기억이 재건축으로 소거되는 것에 대한 안타까움에서 탄생한 네 권의 책《안녕, 둔촌주공아파트》(이인규, 2013~2016). 봄이면 무성한 나무들로 온통 푸름이 번지고 가을이면 붉은 낭만의 눈이 내려앉

2020년 6월과 2022년 9월, 둔촌주공 재개발 현장

은 둔촌주공의 모습을 기록한 사진집 《아파트 숲》(류준열·이인규, 2016). 학술적 가치를 찾고 깊이 있게 접근한 석사 학위논문 '아파트 키즈의 아파트 단지에 대한 장소애착과 기억'(임준하, 2017). 둔촌주공에서 살아온 주민이 그곳에서의 삶을 애정 어린 시선으로 담아낸 다큐멘터리 영화 '집의 시간들'(라야, 2017). 그리고 둔촌주공 길고양이들의 이주 프로젝트를 담은 '고양이들의 아파트'(정재은, 2020)까지. 1980년 입주 이후 서른 해가 넘는 동안 유년, 청년, 또는 노년을 보내온 이들이 자신의 흔적을 담은 연유는, 더 나은 삶의 '상품'을 만드는 과정 이면에, 놓치고 있는 것들과 기억해야 하는 것들이 있음을 방증하는 것은 아닐까요?

오랫동안 미뤄진 둔촌주공아파트의 재건축이 아직 현실이 되기 전, 그러니까 더 정확히는 자그마치 30년을 지내온 추억의 공간이 곧 철거되고 소멸된다는 상상하기 힘든 현실 앞에 그들을 움직인 것은 단순히 아쉬움이었을까요? 이제는 매개가 없어지는 둔촌주공의 모습과 삶의 풍경, 입주민 개인의 인상과 삶, 그 속에 열렸던 둔촌축제, 바자회, 장기자랑 등은 사적인 것에서 공동의 것까지, 하나의 공동체로 묶는 공감의 기억이 기록으로 남았습니다. 이러한 것들은 다시 기억의 화로가 되어 입주민의 옛 기억들을 끄집어내고 둘러앉힐 수 있는 유물과 유산이 되어주겠지요.

기존의 대규모 주택공급 정책은 앞으로도 계속 이어질 세 뻔합니다. 외적인 요인으로 인해 한동안 지속될 아파트식 주거 패러다임 속에서도, 우리가 간직해야 할 집에 대한 기억은, 유형과 함께 무형의 유산으로서 오랫동안 남으면 좋겠습니다. 소중한 삶과 일상의 추억이 대지에 단단히 뿌리내려 자라는 가족사가 무성했으면 하는 희망을 가져봅니다.

둔촌1동은 1만 2032세대의 신도시급 대단지로 다시 태어납니다. 여기서 새롭게 만들어질 입주민의 삶이 땅과 이분되지 않고 온전히 기록되어 오랫동안 유지되기를 바랍니다. 30여 년이 흘러 또다시 철거되는 불행이 없기를 바라며, 그 터전에 둔촌1동만의 아름다운 삶의 문양, 그곳만의 무늬가 새겨지기를 바랍니다.

금전이 추동하는 개발은 언제나 거주의 가치를 희생시켜 낭만과 추억과 삶을 교수대에 매답니다. 무엇이든 물질과 자본으로 귀결되는 시대 탓에 인간적인 것들에 대한 예우는 실종된 지 오래입니다. 그럼에도 불구하고, 삶의 기억이 일시에 소거되지 않는 거주 공간의 재건축 방식을 고민해보고 또 고민해봅니다. 이런 고민은 아무리 많이 해도 지나치지 않을 것 같습니다. 흑역사가 어디 민족과 국가에만 있으려고요. 우리 주변에, 우리 가까이 허다하게 널려 있어, 마음만 먹으면 다크 투어리즘은 언제 어디서나 가능할지 모릅니다.

　일천한 경험과 얕은 지식으로나마, 고귀하고도 소중한 역사적 공간에서, 평범하고 일상적인 공간으로 변하고 있는 곳에서, 멀리 바다 너머 해외의 교훈적인 공간과 상징물에서, 누군가의 발자취와 숨결을, 숭고한 무언가를 더듬어보고자 했습니다. 가까이로는 전철역에서 만날 수 있고, 공원에서, 나들이에서도 느껴볼 수 있었습니다. 이 글을 읽는 여러분이 제목에서 목차를 지나 여는 글과 본문을 거쳐 지금 이곳까지 왔다면, 나이 들지 않는 공간이 기억의 조형력과 만나 어뗘한 공간으로 형상화되어 우리를 유인하고 유혹하는지, 그 매력도 조금은 느낄 수 있는 시간이었을 겁니다. 조금은 감정적이고 감성적이며 공감 어린 시선으로 그 유혹에 넘어가, 귓볼에 스치는 낯선 바람결에 내 사람의 향기가 나 멈춰 서서 뒤돌아볼 수 있는 공간들이 되었으면 좋겠습니다.

/

주석

제1장 역사화된 기억공간

4·3의 기억 : 비설

1) 1937년 10월 22일, 콜비츠는 아들이 세상을 떠난 기일을 맞아 그녀
의 일기장에 다음과 같이 적었습니다. "그날 밤 피터는 쓰러졌다. (중
략) 나는 노인을 만들기 위한 조형적 시도에서 나온 작은 조형물을 작
업하고 있다. 이제는 피에타 같은 것이 되었다. 어머니는 무릎 사이
에 죽은 아들을 안고 앉아 있다. 더 이상 고통이 아니라 묵상이다.(In
dieser Nacht fiel Peter. […] Ich arbeite an der kleinen Plastik,
die hervorgegangen ist aus dem plastischen Versuch, den
alten Menschen zu machen. Es ist nun so etwas wie eine Pietà
geworden. Die Mutter sitzt und hat den toten Sohn zwischen
ihren Knien im Schoß liegen. Es ist nicht mehr Schmerz,
sondern Nachsinnen. Käthe Kollwitz, Tagebücher, 22. Oktober
1937)" https://www.kollwitz.de/bronzeplastik-pieta 참고.

2) 제3장 2절 '전범국가 독일의 세세한 반성 : 베를린의 덜 알려진 추모공간들'의 주석 3번을 참고하세요. 이곳에 전시된 '죽은 아들을 안은 어머니'는 하랄트 하케가 콜비츠의 원본을 4배로 키워 주조한 것입니다.

봄 길 저편의 기억 ① : 여수 마래 제2터널과 오림터널공원

1) '유니테 다비타시옹'은 르코르뷔지에가 설계한 근대식 아파트입니다. 2016년 유네스코 세계문화유산에 등재되기도 했습니다. 1955년 낭트레제, 1957년 베를린, 1963년 브리에이, 1965년 피르미니베어에 같은 이름의 아파트가 비슷한 디자인으로 지어졌습니다. 이후 많은 아파트에 브루털리즘의 영향을 줬습니다. 그중 하나가 '파크힐'입니다. 파크힐은 잭 린 이보 스미스(Jack Lynn Ivor Smith)가 설계했고, 최근 오래되고 낡은 아파트를 감축 리모델링으로 새롭게 단장하면서 입주민의 주거 질을 향상한 좋은 사례로 손꼽히고 있습니다. 박성식 외, '노후 영구임대주택단지 리모델링 사업모델 구상1', 2020 참고.

2) '토레 벨라스카'는 BBPR에서 설계했습니다. 과거 건축의 역사와 거리를 두고자 했던 근대건축운동과 그러한 움직임에서 나온 근대건축의 가벼움보다는, 이탈리아 건축의 역사적 특징을 고찰하고 그 특징들의 연장선에서 근대 주거의 기념비적인 건축을 선보이고자 했던 작품입니다.

시간의 관문 : 라제통문과 노근리 쌍굴다리

1) '라제통문'과 관련한 여러 기사들 중에서 정경조선 2014년 5월 27일 기사 '무주 '라제통문(羅濟通門)'이 언제 만들어졌다고? 일제강점기 물자수송용으로 만든 것'을 주로 참고하였습니다. 이 기사는 현재 아카이브뉴스(http://archivesnews.com)에서 볼 수 있습니다.

2) 문화유산은 사전적 의미로 "장래의 문화적 발전을 위하여 다음 세대

또는 젊은 세대에게 계승·상속할 만한 가치를 지닌 과학, 기술, 관습, 규범 따위의 민족 사회 또는 인류 사회의 문화적 소산. 정신적·물질적 각종 문화재나 문화 양식 따위를 모두 포함"하는 것입니다. 그러므로 일세상점기 강제직인 노력에 의히기나 강제통치를 위해 동원된 일체의 것들은 '근대문화유산 등록문화재'보다는 '근대사 유적(지)' 정도가 적합한 명칭이 아닐까 생각합니다.

사월병, 4·16의 기억 : 4·16생명안전공원

1) 경향신문 2021년 7월 14일 기사 '철거 통보받은 '세월호 기억공간'…"추모에도 유효기간 있나"', 경향신문 2021년 11월 19일 기사 '다시 문 연 '세월호 기억공간'…서울시의회 옆 새 단장' 참고.

2) 투데이신문 2020년 2월 4일 기사 '기억과 망각 사이에 놓인 세월호… 4·16생명안전공원 부지 놓고 찬반 갈등', 4·16MUSEUM 웹사이트 '4·16 생명안전공원 국제설계공모지' 참고.

3) 4·16생명안전공원 국제설계공모가 진행된 2021년 2월부터 6월 25일까지 국내외 75개 팀의 작품이 제출되었고, 다섯 개의 작품이 1단계 심사를 거쳐 선정되었습니다. 다섯 개의 작품에 관한 대면 및 화상 발표를 걸쳐 최종 당선작이 결정되었습니다. http://416museum.org 참고.

4) 2021년 7월 1일 연합뉴스, 경인매일, 환경과조경, 인천일보, 천지일보 등 참고.

5) 이손건축에서 제안한 설계안과 2~5등의 당선작은 4·16MUSEUM 웹사이트에 실명 동영상 등과 함께 업로드되어 있어 누구나 확인할 수 있습니다. http://416museum.org 참고.

1) 오월걸상위원회는 "김희중 대주교(한국천주교주교회의 의장), 홍세화 장발장은행 대표 등 3인의 공동대표와 각계각층의 시민들이 참여하는 위원회"이고, "1980년 5·18정신을 계승하기 위해, '오월정신의 전국화, 현재화'를 기치로 활동"하고 있음을 밝히고 있습니다. 또한 '오월걸상'과 '오월정신'을 다음과 같이 상세히 설명하고 있습니다. "오월걸상은 기존의 동상 등의 기념조형물을 탈피한, 시민이 누구나 친근하게 느낄 수 있으며 실용성도 있는 기념물입니다. 높거나 크지 않으며, 누구나 앉아서 편히 쉴 수 있는 '오월걸상'은 5·18민주화운동의 민주주의, 인권, 그리고 공동체 정신을 상징합니다. 우리 공동체의 헌법 가치와 민주주의, 인권은 바로 1980년 5월 광주에 기대고 있음을 확인하며, 이를 기억하는 기념조형물이 바로 '오월걸상'입니다. 오월정신은 민주주의, 인권, 공동체의 정신이며, 곧 대한민국 헌법 정신이기도 합니다. 우리 오월걸상위원회는 민주주의와 인권을 위해 희생했던 5·18 영령들을 기리며 (중략) 5·18정신이 항쟁의 중심 도시였던 광주광역시에만 국한되어선 안 되고, 우리 공동체 구성원 모두가 가까운 곳에서 실감하고, 또 기억할 수 있는 우리 시대의 정신이 되어야 한다고 생각합니다. '오월걸상'은 관련 기관과의 협의를 거쳐 곳곳에 설치하며, 오월걸상 설치를 원하는 기관이나 단체, 또는 개인은 오월걸상위원회의 인증을 거쳐 각자 자유롭게 오월걸상을 설치할 수 있으며, 기존 걸상을 오월걸상으로 명명할 수도 있습니다." https://blog.naver.com/518bench 참고.

2) 걸상 상판에는 다음과 같이 새겨놓았습니다. "청년노동가 황보영국 열사는 광주항쟁 7주기인 1987년 5월에 부산의 서면에서 '독재타도' '광주학살 책임지고 전두환은 물러가라' '호헌책동 저지하고 민주헌법 쟁취하자'를 외치며 분신하여 5월 25일 운명하였습니다. 이에 열사의 숭고한 민주주의의 정신을 기리며 오월걸상을 놓습니다. 2017. 12. 28.

오월걸상위원회 (재)5·18기념재단 (사)부산민주항쟁기념사업회"

3) 둥근 걸상 안에는 두 개의 스테인리스스틸 띠가 둘러져 있습니다. 거기에는 다음과 같이 적혀 있습니나. "2018년 5월 18일 | 오일걸상 | 5·18민주화운동 희생자 및 진상규명을 위해 헌신했던 강상철 열사를 기억하며 오월걸상을 놓습니다." "오월걸상위원회 | 5·18기념재단 | 5·18민주항쟁목포동지회 | (사)목포민주화운동계승사업회 | 작품명 무거운 짐을 먼저 졌던 분들께 | 작가명 양수인(삶것건축사사무소)"

4) "부산의 1호와 목포역의 2호 오월걸상은 각각 민주화운동기념사업회와 5·18기념재단이 실무를 맡아 건립하였고, 인권연대(오월걸상위원회)가 처음으로 3호 오월걸상을 명동성당 앞에 세웠습니다." https://blog.naver.com/518bench 참고. 이곳의 오월걸상은 정대현 서울시립대 환경조각과 교수가 포천석을 사용하여 만들었습니다.

5) 백비는 비문이 없는 비석으로, 4·3평화기념관에 전시되어 있습니다. "언젠가 이 비에 제주4·3의 이름을 새기고 일으켜 세우리라"라는 설명문과 함께 원형의 천창 아래 누워 있습니다. 아직도 명확히 해결하지 못한 역사로서 4·3을 완결하게 되는 날, 텅 빈 비석에 비문은 새겨지고 누워 있는 비석은 세워질 것이라는 뜻입니다.

노회찬을 기리며 : 살아 있는 것의 이유, 모란공원
1) 노회찬재단 웹사이트의 '노회찬의 삶' 항목에서 상세한 내용을 확인할 수 있습니다. http://hcroh.org/life-history/ 참고.

제2장 일상의 기억공간

추모시설의 새로운 시각언어 : 매헌시민의숲 '일상의 추념'

1) Ball, Karyn, *Disciplining the Holocaust*, New York: State University of New York Press, 2008, 45면. 김명식, 《건축은 어떻게 아픔을 기억하는가》, 뜨인돌, 2017, 208쪽에서 재인용.

2) 15개의 기둥은 희생자 15명을 의미한다는 설명이 있으나, 많은 언론사들이 희생자를 16명으로 적고 있고, '일상의 추념' 앞 추모비 역시 16명의 희생자를 새겨놓은 점을 미루어 볼 때, 15개의 기둥을 희생자의 수에 연결하는 것은 잘못인 것 같습니다. 드로잉웍스와 에이플래폼 웹사이트 내 '일상의 추념' 소개 페이지 및 세계일보 2018년 4월 1일 기사 '우면산 산사태 추모공원 '시민의 숲'에 조성' 참고.

9·2거사 : 왈우 강우규 의사 동상

1) 정운현, 《강우규: 노구를 민족제단에 바친 의열투쟁가》, 역사공간, 서울, 2010, 24쪽 참고.

2) 강우규의 거사는 박환의 《강우규의사 평전: 잊혀진 의열투쟁의 전설》 (선인, 2010)과 은예린의 《강우규 평전: 항일 의열 투쟁의 서막을 연 한의사》(책미래, 2015), 그리고 최근 독립운동가 100인 만화 프로젝트의 일환으로 펴낸 성주삼의 《푸른 노인: 강우규》(광복회, 2021) 등에서 상세히 다루고 있습니다.

3) 강우규는 최고령 독립운동가로 기록되고 있습니다. 은예린, 《강우규 평전: 항일 의열 투쟁의 서막을 연 한의사》 138쪽, 정운현, '항일전선의 최고령 노투사 강우규 의사', 독립정신, 제68호(3/4월) 35쪽 참고.

4) 민족문제연구소 2016년 6월 7일 기사 '서울 곳곳 일제 조선총 독 글씨 새긴 머릿돌 남아있어'(https://www.minjok.or.kr/ archives/77761), 중앙일보 2016년 6월 8일 기사 '한은·서울역 정초석은 일제 조선총독 글씨'(https://www.joongang.co.kr/ article/20139285) 참고.

도시재생의 빛과 그림자 : 공중보행로, 서울로7017

1) '남지'는 관악산의 화기(火氣)를 눌러 경복궁을 보호하기 위해 만들었 던 큰 연못입니다. 서대문 북쪽 '서지', 동대문 안쪽 '동지'와 함께, 연꽃 이 피는 연못이었습니다. '남묘'는 임진왜란이 끝난 1598년 명나라 장 수의 건의로 남대문 앞에 세워진 관왕(관우)묘를 말합니다. 1952년 한 국전쟁 때 불타 없어졌으나 1957년 복원했고, 서울역 앞 도동지구재개 발로 인해 1979년 1월 동작구 사당동으로 이전했습니다. 동묘(동대문 밖 관왕묘)는 지금까지 남아 보물 142호로 지정되어 있습니다.

2) '서소문공원'은 공모를 통해 설계안을 확정하고 '서소문성지 역사박물 관'으로 탈바꿈하여 2019년 봄에 개관했습니다. 소덕문(서소문 또는 소의문)은 일제가 도시계획이라는 구실로 철거했습니다만, 이로 인해 남은 표시석들이 사대문 안, 특히 경복궁 주위에 많습니다. 대표적으로 서십자각 터 표시석을 들 수 있겠습니다. 동십자각은 용케 살아남았습 니다.

3) 샤르르 달레, 안응렬·최석우 옮김, 《한국천주교회사》, 분도, 1979, 114 쪽 참고.

시월의 문사인 : 윤슬

1) '다크 투어리즘을 넘어 희망의 공간 읽기'라는 주제로 2018년 10월과

11월, 총 4회에 걸쳐 여덟 곳을 탐방한 새길기독사회문화원 토요문화 강좌입니다. 2014년과 2015년 '사회적 고통과 기억의 공간'이라는 주제로 진행한 두 번의 강좌에 이어, 고통과 닿아 있거나 부정성을 담고 있으면서도 그것 너머로 기쁨, 행복, 사랑, 아름다움으로 우리를 안내하는 공간을 탐험하고자 기획한 강좌입니다.

서소문 밖 행형지의 변신 : 서소문역사공원과 서소문성지 역사박물관

1) 이사벨라 버드 비숍, 이인화 옮김, 《한국과 그 이웃나라들: 백년 전 한국의 모든 것》, 살림, 1994, 308-309쪽 참고. "이날 서울에 효수된 사람은 김개남과 성재식."(옮긴이)

2) 차례대로 이사벨라 버드 비숍, 이인화 옮김, 《한국과 그 이웃나라들: 백년 전 한국의 모든 것》, 살림, 1994, 308쪽, 샤르르 달레, 안응렬·최석우 옮김, 《한국천주교회사》, 분도, 1979, 114쪽 참고.

건축의 공간과 공간 공동체 : 경주타워

1) 경주엑스포대공원 웹사이트 '상처 입은 세계적인 건축가 유동룡 선생(이타미 준) 경주타워 디자인 저작권자로 명예회복'(https://www.cultureexpo.or.kr/open.content/ko/community/press/?i=5664), 연합뉴스 2007년 9월 19일 '경주타워 디자인 도용 주장…논란', 동아일보 2014년 8월 2일 '표절천국, 창의성 사망진단서' 참고.

2) 2016년 완공된 중도타워는 실제 높이가 약 80미터에 육박했던 황룡사 9층 목탑을 모티브로 했으나, 실물보다는 조금 작은 68미터 높이로 만들었습니다. 겉모습은 목탑이지만 내부는 철골로 되어 있습니다.

1) 노규엽, '영월 젊은달와이파크: 편안히 예술에 빠져보는 반나절 여행', 여행스케치, 제19권 제4호 통권214호(2021년 4월), 56-60쪽 참고.

2) 스포르체스코성 박물관의 공식 웹사이트는 이 방의 역사, 크기, 복원 등을 상세히 설명하는 자료(PDF)를 제공하고 있는데, 스포르차와 뽕나무에 관한 설명을 포함하고 있습니다. https://www.milanocastello.it/it/content/leonardo-da-vinci 참고.

3) 우리에게 너무나 잘 알려진 다빈치의 '최후의 만찬'을 감상하기 위해 많은 이가 밀라노를 찾아가지만, 같은 도시의 그리 멀지 않은 곳에 그가 남겨놓은 이 천장화를 찾는 이는 많지 않습니다. 잘 알려져 있지도 않고요. 게다가 스포르체스코성 박물관을 찾는다 하더라도 다빈치와 그의 천장화를 포함해 모든 것을 압도하고 있는, 미켈란젤로의 조각을 찾는 경우가 대다수입니다. 천장화의 걸작 '천지창조'를 "창조한" 미켈란젤로는 로마('천지창조' '최후의 심판' 및 성베드로대성당 등)와 피렌체('다비드' 상, '라우렌치아나 도서관' 등)가 아닌 이곳에서도 걸작을 남겨놓았습니다. 그것은 바로 미완성 그 자체가 완성인 '피에타 론다니니(Pietà Rondanini)'입니다. 로마 성베드로대성당에 전시된 피에타에 이어, 이곳의 피에타를 감상하러 방문하는 많은 분들은 뽕나무 천장화를 그냥 지나치기 쉽습니다.

4) 로마의 모든 신을 위한 신전인 '판테온(Pantheon)'은, 그 명칭이 '모두'를 뜻하는 그리스어 '판($Πάν$)'과 '신'을 뜻하는 그리스어 '테이온($θειον$)'에서 유래합니다. 판테온 안에는 원형 천창이 뚫려 있습니다.

제3장 해외의 기억공간

대지는 창공을 그리며 : UTA항공 772편 추모비

1) 그들 중 한 명은 카다피의 심복이자 처남, 정보국 부국장인 압둘라 알 세누시였습니다. 프랑스는 리비아에 알 세누시를 포함한 6명의 피고를 인도해 줄 것을 요구했으나 카다피는 이에 응하지 않았습니다. 이후 카다피가 '아랍의 봄'으로 시민군에 사살되고, 이듬해 2012년 9월 모리타니 정부가 도피 중인 알 세누시 등을 리비아로 송환하고 나서야 정식 재판이 가능해졌습니다.

2) https://www.bbc.com/news/magazine-25643103 참고.

전범국가 독일의 세세한 반성 : 베를린의 덜 알려진 추모공간들

1) 1937년 히틀러는 독일의 수도 베를린을 새롭게 건설하여 세계의 수도로 만들겠다는 포부로 알베르트 슈페어(Albert Speer)를 제국의 수도 건설 감독관으로 임명했습니다. 슈페어는 여러 안을 계획했으나 도시의 동서축, Strasse des 17. Juni 등을 제외하고는 대부분 실현되지 않았습니다. 패전 이후 그는 전범으로 20년을 복역했습니다.

2) 리처드 오벤든, 이재황 옮김, 《책을 불태우다》, 2022, 9쪽 참고.

3) 이 조각상은 콜비츠가 1914년 제1차 세계대전에서 죽은 자신의 아들을 위해 만든 것을, 조각가 하랄트 하케(Harald Haacke)가 모사하여 4배 크게 주조한 것입니다. 콜비츠의 원본은 쾰른의 케테 콜비츠 박물관에 있습니다. 원래 1931년 테세노가 만든 오쿨루스 아래에는 단 위에 놓인 루트비히 기즈(Ludwig Gies)의 참나무 잎 화환이 있었으나, 1969년 동독 20주년을 맞이하여 유리로 만들어진 커다란 프리즘이

이를 대체하여 설치됐고, 통일 이후 1993년에는 동독 시대의 모든 요소가 제거되어 1931년 테세노의 디자인으로 복원됩니다. 이때 애초의 참나무 잎 화환 대신, 하케가 모사한 콜비츠의 조각상이 놓입니다. 당시 총리였던 헬무트 콜이 콜비츠의 피에타를 전시해야 한다고 발표하면서 뜨거운 논쟁이 촉발되었는데, 반대하는 측의 논거는 콜비츠의 피에타가 제1차 세계대전에만 관련이 있다는 것이었습니다.

닫는 글

1) 2022년 1월 'e-나라지표'에 발표된 자료에 따르면, 2020년 기준 전국 평균 주택보급률은 103.6퍼센트인 반면 서울은 94.9퍼센트입니다.

제1장 역사화된 기억공간

4·3의 기억 : 비설

제주4·3아카이브 http://43archives.or.kr/events/contents/detail.
do

4·3평화공원 웹사이트 https://jeju43peace.or.kr/kor/sub04_02_02.
do

케테 콜비츠 박물관 쾰른 웹사이트 https://www.kollwitz.de/en/
woman-with-dead-child-kn-81

봄 길 저편의 기억 ① : 여수 마래 제2터널과 오림터널공원

여수시청 웹사이트 https://www.yeosu.go.kr/total_search/
total_search.html?query=%EB%A7%88%EB%9E%98%20
%EC%A0%9C2%ED%84%B0%EB%84%90

한국민족문화대백과사전(여순사건) http://encykorea.aks.ac.kr/
Contents/SearchNavi?keyword=%EC%97%AC%EC%88%9C%EC%
82%AC%EA%B1%B4&ridx=0&tot=1116

위키피디아(유니테 다비타시옹) https://en.wikipedia.org/wiki/
Unit%C3%A9_d'habitation

위키피디아(파크힐) https://en.wikipedia.org/wiki/Park_Hill,_
Sheffield

위키피디아(토레 벨라스카) https://en.wikipedia.org/wiki/Torre_
Velasca

프리츠커 건축상 웹사이트 https://www.pritzkerprize.com

시간의 관문 : 라제통문과 노근리 쌍굴다리

(라제통문)

정경조선 2014년 5월 27일 기사(현재 아카이브뉴스에 게재) '무주 '라
제통문(羅濟通門)'이 언제 만들어졌다고? 일제강점기 물자수송용으
로 만든 것' https://archivesnews.com/client/article/viw.asp?/
client/news/viw.asp?cate=C05&nNewsNumb=20140514863&ni
dx=14864

국사편찬위원회 웹사이트(검색어 '나제통문') http://www.history.
go.kr/

한국민족문화대백과사전 웹사이트(검색어 '나제통문') http://
encykorea.aks.ac.kr/Rogers Stirk Harbour + Partnershttps://
www.rsh-p.com/projects/office/parc-1/

(쌍굴다리)

노근리평화공원 웹사이트 https://www.yd21.go.kr/nogunri/

사월병, 4·16의 기억 : 4·16생명안전공원

4·16MUSEUM 웹사이트 http://416museum.org

투데이신문 2020년 2월 4일 기사, '기억과 망각 사이에 놓인 세월호&4·16
생명안전공원 부지 놓고 찬반' http://www.ntoday.co.kr/news/
articleView.html?idxno=70657

경향신문 2021년 7월 14일 기사, '철거 통보받은 '세월호 기억공간'&"추모
에도 유효기간 있나"' https://www.khan.co.kr/national/national-
general/article/202107141649005

경향신문 2021년 11월 19일 기사, '다시 문 연 '세월호 기억공간'&서울
시의회 옆 새 단장' https://www.khan.co.kr/national/national-
general/article/202111191431001

오월걸상에 앉은 5·18 : 오월걸상

'서울시, 스물두 살 청년 '오월희생' 자리에 '오월걸상' 설치', 서울시 5월 29
일 보도자료

오월걸상위원회 블로그 https://blog.naver.com/518bench

장영식의 포토에세이 2020년 6월 4일 기사, '김의기 열사' http://www.
catholicnews.co.kr/news/articleView.html?idxno=22713

오픈아카이브, '오월 광주를 품은 청년, 김의기' https://archives.
kdemo.or.kr/contents/view/313

민주화운동기념사업회 웹사이트
https://www.kdemo.or.kr/patriot/name/%E3%84%B1/page/1/
post/346
https://www.kdemo.or.kr/patriot/name/%E3%84%B1/page/1/
post/153
https://www.kdemo.or.kr/patriot/name/%E3%84%B1/page/1/

post/191

아름다운 청년 전태일 : 전태일기념관과 동대문 평화시장

전태일재단 웹사이트 http://www.chuntaeil.org/

전태일기념관 웹사이트 https://www.taeil.org/

임옥상 미술연구소 웹사이트 http://www.oksanglim.com/bbs/
board.php?bo_table=public_2010&wr_id=53

노회찬을 기리며 : 살아 있는 것의 이유, 모란공원

노회찬재단 http://hcroh.org/

제2장 일상의 기억공간

추모시설의 새로운 시각언어 : 매헌시민의숲 '일상의 추념'

드로잉웍스 웹사이트 https://tdws.kr/entry/Memoryofeveryday?cat
egory=811086

에이플래폼 웹사이트 https://a-platform.co.kr/architect/home/
projects/index2.php?mode=view&idx=2969&category=tdws

세계일보 2018년 4월 1일 기사, '우면산 산사태 추모공원 '시민의 숲'에 조
성' http://www.segye.com/newsView/20180401003996?OutUrl=n
aver

9·2거사 : 왈우 강우규 의사 동상

정운현, 『강우규: 노구를 민족제단에 바친 의열투쟁가』, 역사공간, 서울,
2010, p. 24

은예린, 『강우규 평전: 항일 의열 투쟁의 서막을 연 한의사』, 책미래, 서울, 2015

한국사편찬위원회 웹사이트 http://db.history.go.kr/item/level.do?levelId=ia_0101_0078

공훈전자사료관 웹사이트 https://e-gonghun.mpva.go.kr/user/ContribuReportDetailPopup.do?mngNo=95

도시재생의 빛과 그림자 : 공중보행로, 서울로7017
서울시 웹사이트 https://www.seoul.go.kr/main/index.jsp

서울로7017백서 1권~3권
http://ebook.seoul.go.kr/Viewer/MIIEZ1TPY2XL
http://ebook.seoul.go.kr/Viewer/BSXX5AW2J7N7
http://ebook.seoul.go.kr/Viewer/9IBO167XS1GD

시월의 문샤인 : 윤슬
SoA 웹사이트 http://societyofarchitecture.com/project/yoonsulmanridong-reflects-seoul/

서소문 밖 행형지의 변신 : 서소문역사공원과 서소문성지 역사박물관
비숍(이인화 역), 『한국과 그 이웃나라들: 백년 전 한국의 모든 것』, 살림, 1994

샤르르 달레(안응렬, 최석우 역), 『한국천주교회사』, 분도, 1979, 114면

조선왕조실록 웹사이트(태조실록과 태종실록) http://sillok.history.go.kr/main/main.do;jsessionid=9CBEC2FDE2C738C804F4F667E2FC7C07

서소문성지 역사박물관 웹사이트 https://www.seosomun.org

건축사사무소인터커드 웹사이트 http://www.interkerd.com/a052.html#2

서울시 서울정보소통광장 웹사이트 https://opengov.seoul.go.kr/mediahub/22104329

건축의 공간과 공간 공동체 : 경주타워

연합뉴스 2007년 9월 19일 '경주타워 디자인 도용 주장..논란'

동아일보 2014년 8월 2일 '표절천국, 창의성 사망진단서'

경주엑스포대공원 웹사이트 https://www.cultureexpo.or.kr/open.content/ko/community/press/?i=5664

봄 길 저편의 기억 ② : 영월 젊은달와이파크

노규엽, '영월 젊은달 와이파크: 편안히 예술에 빠져보는 반나절 여행', 여행스케치, 제19권 제4호 통권214호 (2021년 4월), pp. 56-60

젊은달와이파크 웹사이트 https://ypark.kr/

스포르체스코성 박물관 웹사이트 https://www.milanocastello.it/

밀라노시 웹사이트(살라 델레 아세) https://milano.repubblica.it/cronaca/2020/07/23/foto/sala_asse_castello_sforzesco_riapertura_milano-262711557/1/

페터 춤토어 웹사이트 https://zumthor.org/

제3장 해외의 기억공간

대지는 창공을 그리며 : UTA항공 772편 추모비

유타항공 DC-10 폭탄테러 유가족 모임(Les Familles de l'Attentat du DC10 d'UTA) https://www.dc10-uta.org

BBC 뉴스 2014년 1월 22일 기사 'The Sahara memorial seen from space' https://www.bbc.com/news/magazine-25643103

유타항공 DC-10 772편 위키피디아 https://en.wikipedia.org/wiki/UTA_Flight_772

전범국가 독일의 세세한 반성 : 베를린의 덜 알려진 추모공간들
제3의 지대, 박해받은 동성애자 기념비

유럽의 살해된 유대인을 위한 기념관 재단 웹사이트 https://www.stiftung-denkmal.de/en/memorials/memorial-to-the-persecuted-homosexuals-under-national-socialism/

김명식, 《건축은 어떻게 아픔을 기억하는가》, 뜨인돌, 파주, 2018

분서의 서가, 분서 기념 도서관

리처드 오벤든(이재황 역), 『책을 불태우다』, 책과함께, 서울, 2022

위키피디아(각각 1933년 독일 분서 사건, 분서 기념 도서관)
https://de.wikipedia.org/wiki/B%C3%BCcherverbrennung_1933_in_Deutschland
https://de.wikipedia.org/wiki/Denkmal_zur_Erinnerung_an_die_B%C3%BCcherverbrennung

반전과 평화의 피에타를 품은, 신 위병소

위키피디아(각각 '죽은 아이를 안은 어머니', 신 위병소)
https://en.wikipedia.org/wiki/Mother_with_her_Dead_Son
https://de.wikipedia.org/wiki/Neue_Wache

베를린시 웹사이트 https://www.berlin.de/sehenswuerdigkeiten/4193712-3558930-mahnmal-gleis-17.html

위키피디아(그루네발트역 17번 선로) https://de.wikipedia.org/wiki/Bahnhof_Berlin-Grunewald

백종옥, 『베를린, 기억의 예술관』, 반비, 서울, 2018